LOCUS

LOCUS

LOCUS

LOCUS

在時間裡，散步

walk

walk 037

同行

作者／劉崇鳳
責任編輯／李清瑞
封面設計、插畫／李怡臻
校對／李筱婷
內頁排版／宸遠彩藝
印務統籌／大製造股份有限公司

出版者／大塊文化出版股份有限公司
105022 台北市松山區南京東路四段25 號11 樓
www.locuspublishing.com
locus@locuspublishing.com
讀者服務專線／0800-006-689
電話／02-87123898
傳真／02-87123897
郵政劃撥帳號／18955675
戶名／大塊文化出版股份有限公司
法律顧問／董安丹律師、顧慕堯律師

總 經 銷／大和書報圖書股份有限公司
新北市新莊區五工五路2 號
電 話／02-89902588
傳真／02-22901658
初版一刷／2025 年2月
定價／380元
ISBN／978-626-7594-30-8

本作品獲 財團法人國家文化藝術基金會 文學創作補助

同行/劉崇鳳著. -- 初版. -- 臺北市：大塊文化出版股份有限公司, 2025.02
312面；14.8×21公分. -- (Walk；37)
ISBN 978-626-7594-30-8(平裝)
863.57　　113018202

同行

劉崇鳳 著

步上
一趟沒有終點的旅程

走
　走
　　走

行走的代價
是蛻皮
蛻皮會痛

若　不曾痛過
難以領略長大的滋味

新生時
刻下名字
俯仰　無愧於心

長距離徒步歸根究柢是一種學習跟過往、跟世界，更重要是跟自己和解的旅程，追求壯闊遠方的同時，也深掘並開拓了內心的疆土。

而結伴徒步，還要再加上同理和包容、協調和讓步的實踐，同行的夥伴間生出的堅定羈絆，在荒亂塵世間，益發彌足珍貴。

——Josie，《走向內在》作者

這就是共鳴。每次讀崇鳳的文字總在不經意中打動我的思緒，我喜愛山林萬物，不分四季、無關晴雨，那是一種細微的感覺，我說不出來，但崇鳳的文字總能細膩地觸及我內心對山林的渴望，雖然這是篇小說，卻擁有最動人的畫面。

——吳雲天，《台灣山岳》雜誌專案總監

多年後，陸續傳來有人走上阿帕拉契山徑的訊息，每次都能猶如奇異博士劃開一個穿越空間之門，精準地像回憶帶著GPS，現身在故事發生的座標，見到那些在山徑上或全程、或臨時、或造路的臉孔與聲音，這次是一對個性不同的靈魂伴侶同行，為小徑帶來另一種觀察。

——徐銘謙，台灣千里步道協會副執行長

一段步道旅程，一段心路歷程，書中對行程的取捨，與旅人間的互動，在在映照出內心的風景。對於人生的旅程徬徨的人們，也許該踏上旅途，先觀照自己的「旅品」，再重新踏上人生的步道。

——陳俊霖，亞東紀念醫院心理健康與綠色照護科主任

長距離步道是山人對生命一步一步提問的方式，走向遠方，也走向最深的內在。崇鳳面對自然，始終帶著她一貫細膩的眼光觀察、書寫，直言坦露自身對世界產生的矛盾，也寫出我們都曾共有的困惑。

——麋鹿太太Bill & Jessica，旅行部落客

推薦序

異

紗娃・吉娃司
泰雅族織女、榮格分析師

原本以為這是一個一對伴侶一起走上山路，相愛相殺的故事。

嗯，的確也是！在我追隨著他們各自目光所及的視野範圍裡，我看見了一對個性迥然相異的愛侶，如何在這群山暗夜中的微弱火光下，看懂彼此相愛與相異的小足跡。

相異，在這個長路漫漫中，不再是個隔絕兩方的大問題！因為相異，讓我們得以有相愛的可能性。

鳳翎的起頭，讓榮文得以在陌生中願意飛翔；而榮文的守護，讓鳳翎在恐懼中碎步往前。

同行

然而，這又不僅僅只是一個有著相處日常韻味的愛情故事。

因為，在這個兩人走上山路的故事裡，那異鄉、異地與異人們，皆也活靈活現地展現那棲居在他們肉身裡的靈魂。

這也是一個屬於眾生的故事。

我想，我能夠在這則愛情故事裡，看見那遠在他方的陌生人，一定是因為在這個故事中的這一對伴侶，有著一個相同的本質——在他們的眼裡，不僅僅只有彼此的身影；在他們的眼裡，我還能夠看得到活在天地萬物之間的異質性存在。

因此，我讀著讀著，也愛上了在那山路裡短暫相遇的眾人、在山中恣意活躍的萬物眾生，與在山裡因著大自然給予的挑戰，而有著眾多情緒面向的人們。

嗯，這是一本在山裡，愛上相異的故事。

請允許我們皆可以相異，也相憶。

目錄

CONTENTS

/

除魅

人們想像無盡的黑暗，以嚇阻自己前進。

夜幕降臨，保持冷靜，發現恐懼的面具，然後……戳破它！

他們一起走長長的山路，是很久很久以前的事了。

許多年過去，幾乎忘了一起走路是什麼感覺，榮文沉默地背著大背包走在前頭，鳳翎走在後頭。他們來自東方，屬東洋島嶼的孩子，離開熟悉的亞熱帶島嶼，搭乘一架飛機，橫越全世界最大的海洋，來到這片古老的西方大陸。

西方大陸有山，自南向北連綿至邊境，極西之境，他們負重走入山裡，如同在老家亞熱帶島嶼群山間穿梭，卻因異地陌生，雙雙感到不安。

鳳翎不敢說，她一邊走、一邊憂心忡忡，她不知道他們會遇到什麼，聽說這裡很多「那種」動物。她不自覺加快的步伐，洩露了她的緊張。儘管長路漫漫，不知為何，她就是知道她要來，是她邀榮文一起來的，未知的重量卻超乎想像，黃昏將至，她邊走邊瑟縮起來。

榮文很沉默，務實如他帶了比往常更充足的食物和裝備，沒有表情的臉看不出任何情緒，肩上的大背包已經超重，他能夠承受，誰叫初來乍到，他所能仰賴的就是行前周到的打包，至少在未來半個月內，他和鳳翎無須擔憂糧食補給的問題。

入秋的森林，能見轉紅的葉子，夕陽灑落，森林裡，餘暉交錯的光影，在前方移動的大背包上緩緩流動，陽光和葉影漫灑，是鳳翎所熟悉的——「好漂亮喔！」她嚷嚷。

東方島嶼的山林也有這般景致，堆疊對自然的親切感令她感到安全，有效降低她對異地的不適感。她觀察每一片葉子，衰敗的、被蟲咬的、破洞的、轉色的、變形的……

秋日初至，綠意尚未退去，她邊走邊嗅聞，這極西之境，還有什麼和她所屬島嶼相似的力量？

・・・

榮文從剛剛就不停止張望，即將入夜，他們要先取到足夠的水，還要找到地圖標示的山屋過夜。在天際還有最末一點光亮時，他和鳳翎在一條小溪前停下來，把背包裡的水罐盡數掏出，似乎把容器裝滿水，就能將所有的不確定感驅散似的。

他們不怕重，只怕匱乏，「滿」在他們的島嶼中，有吉祥的寓意。尤其他們沒把握「那種」動物是不是就在附近……這使得入夜前非常忙碌。

「那是嗎？」鳳翎指著前方不遠處一個簡約開放式的建物問。榮文點點頭，位置與地圖標示無異。

卸下背包，他們沒有討論就開始動作：撿柴、理柴、拆包、生火、煮飯，為避免「那種」動物靠近人類，還要吊掛糧食袋——這是往來旅者不成文的規定，或說默契。

榮文沒吊過糧食袋，在他所屬的東方島嶼爬山，不需要練習這種事。

為了安全，他得信奉新規則才行。走出寬敞但陰暗的山屋，他望望四周樹林，選了株較高的樹，看準一根粗壯的枝椏，站在下方看了半晌，隨後用力把繩子向上拋去——拋空了，繩子掉下來。他撿起來，再拋——又掉下來，這三拋四拋還挺費力的，山屋前理柴的鳳翎忍不住大笑。她不是故意的，榮文愈努力，她愈想笑，很少見他不得其法。幾番下來，榮文氣喘吁吁，兀自瞪著高處的枝椏苦思。

由於背了不少食物，他們的糧食袋很沉，為避免「那種」動物侵擾，食物該與寢宿者分開，連牙刷也因可能殘餘食物氣味而必須置入，徒手拋繩困難，榮文轉身，驀地看見更遠處有個奇怪的物事——走上前，才赫然發現那裡竟可使用滑輪裝置將食物吊至高處！

他研究了一下，知道這裡對「那種」動物的防範是玩真的，天色逐漸暗沉，他快速將糧食袋拉上高處，對，就要那麼高，難道「那種」動物真有那麼靈敏？

榮文走回山屋，在他看來，這山屋還算簡單牢固，只是全然開放無門的設計不免叫人心驚，「那種」動物來了要如何防範？他迅速將火生起，動作之俐落，只為黑夜轉瞬即來。這一日，整座山除了他與鳳翎，竟無任何其他旅者。

鳳翎靜靜看著火，榮文這天將火生得較以往都大，她知道，內心微顫，但不說破。

她愛極在山裡行走，熟悉山裡走路與生活的日子，只是來到這麼遠的地方，語言沒那麼通，也沒遇上一個人，荒山野嶺，如果「那種」動物真的來這邊尋找食物，該怎麼辦？她不知道，只管添柴，熊熊烈火燒紅了她的臉。柴堆嗶嗶剝剝的聲音劃破寂靜，「劈啪！」木頭被燒斷了。

喔，這聲音能撫慰她！

今天晚餐是奶濃火腿高麗菜飯，榮文將牛奶塊熬煮得恰到好處，火腿腸的口感恰到好處，就是味道太香了。鳳翎吃得滿足的同時感到心慌，察覺對面的榮文今晚吃飯的動作變快了，她不自覺也嚥下好大一口飯。

山的那一頭，傳來不明的吼叫聲。驚得鳳翎停下吃飯的動作，抬頭看向榮文，發現榮文也捧著飯碗看她。

「那個……是狗嗎？」鳳翎的聲音驚魂未定。榮文搖搖頭，神情嚴肅。

「嗚喝——嗚喔喔喔喔——」來了，那聲音聽來和上一個不一樣，顯然不只一隻。鳳翎聽得寒毛都豎了起來，兩種聲音在對抗，像兩隻大型動物在打架，互不相讓。

「這什麼啊？」鳳翎看似不耐煩，其實很害怕，想像「那種」動物就在不遠處的另一端，從慢條斯理到埋頭猛扒，該不會這美味就要變成吸引對方的誘因了吧？她幾乎狼吞虎嚥起來。

「是那個（「那種」動物）嗎……？」終於她問出口。榮文默不作聲，放下見底的飯碗在火堆旁，沒入黑夜去撿柴。

鳳翎心煩意亂，按捺住對那不明吼叫聲的各種想像，聽聞其高聲吠叫、忽又低嗚，夾雜蓄勢警告的嘶吼，拼命告訴自己那不是，也許是山腳下某人家的看門狗和野狗打架，但她內在深處知曉不只是這樣。

不行，根本無心吃飯，緊張得胃都痛了，一定得移轉注意力才行，速速把晚餐解決（可嘆這美味），將心思全部都移轉到柴火上——她知道不論是多麼危險的動物，都不會靠近火。她清楚榮文撿柴的身影意味著什麼，於是聽著那間歇的吼叫聲，一邊顧火、一邊擦拭碗筷，她知道，稍晚這些餐具通通都要妥切收拾好。

榮文回來了，不知從哪抱來一大捆柴，鳳翎笑了。這個夜晚，什麼也沒有，但他們有彼此，以及枯木轉化的熱能。

吼叫聲時不時傳來，一會兒暫歇、一會兒密集，這麼持續了兩個鐘頭。

・・・

本來全黑的天空，不知何時看得到星星了。鳳翎和榮文一直守著火堆，從初始的驚恐莫名，到習以為常不以為意，還能判斷哪一隻很囂張、哪一隻敗下陣來，那聲音，始終與他們保持著一大段距離，成為一個謎、一齣罕見的聲景大戲。

要遇到這種機會，也不容易。

因為這樣，鳳翎把耳朵放到最大，除了吼叫聲，她還能聽到山徑以外道路上行駛的車聲，夜晚蟲鳴唧唧，細聽能感受到環場音效，以及自前方穩定傳來的，火的嘶嘶聲。

她喜歡火，這是他們今晚的守護神，火的語言她沒能讀懂，但她會依著火光書寫，邊寫邊聽火發出來的聲音。遇到溼氣稍重的木頭，火會發出嘶嘶聲，甚至會細微地尖叫，鳳翎喜歡火的各種樣態，儘管她不擅長生火，但沒關係，榮文可以，這男人與火相熟，只要他出馬，不怕暗夜無光。

好奇怪，這一夜有這麼多聲音，她卻在這眾多聲音間慢慢知覺到，內心有個角落，愈來愈安靜。恐懼像霧一樣緩緩散去，火光凝聚穩定的力量，有那麼一刻，她聽得見她的筆在白紙上遊走，沙沙作響，文字像星星，銀河一般流淌。

這趟旅程，是鳳翎的夢想，放在心裡好久了，若不是榮文願意陪她走一遭，她沒勇氣一個人上路。想不到現在真的來了，很害怕、很混亂、很單純、又很安靜。

「**阿帕拉契**」，她寫下山徑的名字。

今晨看到花栗鼠咬著一顆栗子從樹上竄下來，是他們東方島嶼上沒有的動物；路上還遇到一隻被吃到一半遭棄置的老鼠，她將牠埋進土裡；以及出乎意外的一坨大排遺，是「那種」動物的嗎？

鳳翎就是這樣，笨手溫吞，卻鍾情於寫字。榮文看著她，將最後幾根粗柴架上，火爐離床鋪有段距離，入睡後就不起身加柴了，這幾根木頭也許能燒到半夜。

不遠處那不明的吼叫聲不知何時已然平息，他在心裡給出答案，就算是「那種」動物，牠們也不會過來。煙的氣味如此明晰，傳到了那麼遠，全森林都知道他們在這裡。榮文坐在火前，仰望上空發呆，星子在葉隙間若隱若現。

「叫這麼久，牠們也會累吧？」鳳翎收拾紙筆，翻身爬上木頭通鋪，將睡袋攤展、鋪平，整個人鑽入睡袋中，只露出眼睛。

夜已深，火光閃動，她想到有榮文在身邊、有桌子寫字、有蟲鳴環繞，闔上眼睛前，對世界輕聲說：「謝謝。」

榮文聽見了，他維持一貫的沉默，看木頭經燃燒後轉為一顆顆發紅的炭心，像一團跳動的心臟，有再多懷疑不安，都在這專注的凝視中，被稀釋與安定了。

好了，他轉身，爬上床。偌大的開放式木屋，就躺著他倆，火光明明滅滅，旅程才要開始。

我們是誰

自我介紹是重要的，要把握每一次介紹自己的機會。

因為如果不認真思考自己是誰，靈魂會哭泣的。

「再不久就會到驛站了！」鳳翎聽說過驛站，那是漫長山徑中特有的休息站，只是沒去過，不知道驛站與旅店的差別在哪？但下山一路鳳翎都在哼歌，初幾日的不安和恐懼逐漸在踏實的行走間散去，將各種對驛站的想像編進歌詞，鳳翎即興亂唱，唱到後頭的榮文忍不住嘴角揚起。

找驛站的過程一波三折，誰知道驛站入口與周遭自然幾乎融為一體呢？那是人為最低度的整理，該是主人刻意為之，使得粗獷隨興的木門一點也不像入口。

終於發現並走入時，也沒有人出來接應，一切靜悄悄的。

鳳翎打量四周，怎麼說呢？手工敲打的木造空間，充滿野味卻不失自在，走進來才感受到，居所如何決定了一個人看待世界的角度，以及與周遭生命互動的姿態。

沒有接待者，居所本身就是主子。大概明白，驛站與旅店的差異在哪了。

榮文四處走逛，欣賞這充滿粗糙手感的空間；鳳翎抱著乾淨的衣物找到浴室，只盼洗個舒爽的熱水澡——洗澡間也在戶外，沒有屋頂，四面被長短不一敲敲打打的木頭包覆而又通往天空，些許陽光透入、些許的風穿過，一支有充足熱水的大蓮蓬頭，淋洗多日行走的身體。

被木頭環繞又淋熱水的感覺好舒服啊，鳳翎永遠忘不了這暢快！蒸氣氤氳中，能見木頭連綴與修補的痕跡，舉著一支蓮蓬頭沖洗，這麼簡單，毛細孔打開盡情歡唱，喔，這不洗還真不知疲憊！閉上眼，她迷濛地想，未來回到東方島嶼，有機會重建家屋，一定要做一個戶外洗澡間。

神清氣爽走出來，正要跟榮文推薦這半開放的洗澡間，才發現榮文已走進另一間室內浴室沖澡了……嘖，他們兩人果然不同。

鳳翎捧著髒衣服走進有上下床位的背包客房，漫散著古老潮溼的霉味，卻不討厭，好奇怪，這裡粗獷簡陋，不知為何卻覺豐足。連日都在山裡行路，能來到驛站，她很感激。畢竟行經的旅者不多——**會走進來的人，都是懷抱獨特夢境、或尋找夢境而來的**。

取出要洗的舊衣服，排汗衫早上被樹枝刮裂了——修補是笨手如她最不想面對的（要交給榮文多好）。

盯著撕裂處，鳳翎意外發現，這一刻，面對修補的可能，她開始……願意想像？不知是手工打造的環境使然、或方才那熱水澡的加持？總之，背包底層有針線包。

雙手萬能的環境能輕易鼓舞人心。

那一夜，古老昏暗的床上，鳳翎躲在睡袋裡跟榮文聊了很多話。想到他們東方島嶼上的山林歲月，基於海拔更高、更原始，在山屋與山屋間，別說旅店，連驛站都沒有的，往來旅者什麼都靠自己背負。

鳳翎想像，若老家島嶼群山的出入口，能有個像驛站這樣的地方，該有多好。是溫暖小屋、是簡樸花園、是精氣神補給站、是生活實驗場……

鳳翎細碎地說著對東島山林的期待，直到榮文打斷她：「我們的山很美，只是沒被鼓勵發展。」榮文提出，治理者尚未意識到東島山林資源的豐厚，行腳風氣不足。如果未來島嶼真出現驛站，他要去應徵園丁，在外頭翻土種菜，供往來旅者採摘新鮮的青菜吃。

鳳翎瞪大雙眼，榮文一口氣說了好多話，原來有人比她更投入啊！

那是孩子對家鄉的，質樸的愛。

每個到這裡的人，都懷抱著獨特的夢境、或尋找夢境而來的。

・・・

如果沒有多住一晚，他們不會和史奇伯相遇。

鳳翎一向愛看榮文在爐台前專注料理的身影。榮文和她不同，鳳翎關注的焦點多在自然和人本身，榮文則重視餐點和宿營條件。

驛站獨立的廚房是榮文的舞台，剛好這裡有販售義大利麵條，他決定中餐做義大利肉醬麵。榮文很快摸熟廚房內外，事實上，整個大半天他都在廚房，自清早做漢堡開始，難得這裡有新鮮麵包和雞蛋，這令他和鳳翎有了奢侈的早餐時光。

史奇伯不知什麼時候坐到餐桌前的。這男人沒穿上衣、胸毛奇多、身材精瘦結實，而且有雙精銳的眼。史奇伯為吃中餐而來，但他手上只有一個大罐頭。交談之下，鳳翎才知史奇伯遺失了錢包，全身上下只剩五元，所以……史奇伯晃晃手上的罐頭，這是他的中餐無誤。

鳳翎訝異不已，這人怎麼看都不是丟三落四的人！史奇伯提及他也掉了他的拖鞋，鳳翎一聽，轉身跑出去，把廊道上的物事取進來，秀給史奇伯看——那是一雙手工拖鞋。呃，與其說拖鞋，不如說「作品」來得更貼切。誰叫榮文也把他的拖鞋忘在上一個山屋？沒了拖鞋的榮文，早餐後便獨自在廚房門外的木椅上，找來廢紙板、回收鋁罐、塑膠繩和棉繩，又剪又黏又綁，編製出這創意拖鞋。

史奇伯咧嘴一笑，隨即起身離開。鳳翎一頭霧水，榮文正調製義大利麵醬，他為鳳翎展示他的陽春拖鞋覺得好笑。

榮文自小喜愛美術工藝，大概是驛站閒適舒緩的氛圍，明知手作拖鞋撐不了多久，大半個早上，他還是很享受手工製作拖鞋的過程，連鳳翎都忍不住拿出針線縫補外衫了！他第一次見鳳翎縫縫補補，光綁線頭和穿針引線，就費了她不少時間，小小一個L形撕裂處，縫到快中午才結束。縫好後，鳳翎特地拿了她的外衫和他的拖鞋，一人蹦蹦跳跳到陽光下拍照，彷彿那兩件東西多值得驕傲似的。

史奇伯回來了，他拎著他的拖鞋進來廚房時，榮文停下了捲麵的動作。

史奇伯竟做了跟榮文一樣的事——他剪下少許睡墊搭配泡棉，製成一雙手工拖鞋。

鳳翎忍不住哈哈大笑，三人饒富興味地看著兩雙陽春而堪用的手工拖鞋，咀嚼命運的不約而同。

此刻，不標準、隨興拼湊、舊物再生，成了通關密語。榮文對史奇伯有了好感，鳳翎好奇地不停提問，才知史奇伯是「全程行者」，也就是計畫一次走完南北向全部山徑的旅人。這通常要花上一季至半年的時間，若無相當決心，不是容易的事。史奇伯從古大陸的西北曠野而來，他老家在蒙州，那裡有七個原始部族保留區，是鳳翎的嚮往之地。

一拍即合，大概就是這個意思。榮文和鳳翎吃著美味的義大利肉醬麵，史奇伯自嘲自己吃罐頭像吃狗食，接著秀出一顆路上撿到的大南瓜，跟他倆預告這將是他的晚餐。

「但我沒煮過南瓜。」史奇伯補充。

鳳翎指著榮文，眨眨眼：「他是農夫，南瓜是主要作物之一，要不我們晚上一起煮吧？」

史奇伯愣了一下。鳳翎想著該如何向史奇伯介紹自己，榮文靦腆笑著，思量晚上要用南瓜做什麼料理？雖不擅交際，但有鳳翎在就沒問題。他欣賞史奇伯的耐心，因為史奇伯會特意緩慢而重複敘說一樣的語句，直到兩人聽懂關鍵字為止。

旅途迷人之處，便是**相遇**。

史奇伯來自蒙州的獵人家族，他曾是軍人，做過野外消防隊員，常出入森林救火。鳳翎好奇史奇伯各種荒野求生故事，就像史奇伯好奇榮文在遙遠東方島嶼上的耕種經驗。

餐桌前，一位獵人、一位農夫，而鳳翎成為橋梁，將兩端串接起來。從兩雙自製拖鞋開始，牽引出史奇伯蒙州老家的曠野風情、和榮文所屬島嶼的稻浪詩歌，鳳翎在兩邊的故事間來回穿梭，一會兒回應、一會兒提問。那是個美麗的下午，她幾乎以為山徑要全部濃縮在此，集中在史奇伯拿出來的刀鋒上，迸射出晶亮的火花。

那把刀有故事，蘊藏著史奇伯家族的記憶與尊嚴，與祖父和父親的傳承相關。刀柄由鹿角製成，就像東島家中爺爺用稻稈綁紮的鍋墊一樣日常、也一樣稀有。榮文想切水果，史奇伯把刀子交給榮文，榮文接過，像是註定，不可思議，毫不費力。

如何在短短的一天裡，就讓陌生朋友了解我是誰？鳳翎發現這是考驗。

首先，要清楚自己所來處才行。這是閃閃發亮的測試，她侃侃而談起東方島嶼的稻田、水圳以及風。談起彎腰耕種的汗水、土地長出來的作物如何變成食物，她可以滔滔不絕。說不出來，就比手畫腳演出。

她介紹她所知島嶼的一切等同於介紹自己，並在這其中慢慢辨識出東方島嶼的特別；榮文不說也甚少補充，始終沉默以身體力行表達其存在，他握著鹿角製的刀柄，感覺粗糙又靈動的觸感，行使切斷與分配的任務，蘋果被完美切成八片，置入圓盤。

唯有離開所屬之地來到遠方，才有機會脫框表述自身。**只講名字是不夠的，那只是背誦，僅具叫喚功能**。要洞悉名字背後的氣韻、時間和意義才能接近真實的名字。包含談吐舉止、驕傲與卑微、夢想與失落，面朝世界千萬種色彩，要指認出自己的原色，其實非常困難。

史奇伯問起他們的工作。

「我是作家，他是農夫。」鳳翎說。

她用掌心摸自己的心口，再將手大方擺向榮文的方向，為他倆在島嶼的身分感到驕傲。非關人們如何看待，而是她真心享受這位置。至於名字嘛……她和榮文都還在背誦階段，尚不知名字深意，但她不急，來這古老大陸，原就為探尋自己而來。

榮文沒想那麼多，他愛鳳翎，鳳翎要來，他便一同。

若未出行，他不知遠方有殊異的自然文化和食物，不然，他可以在自己耕種的土地與家屋中，時刻安頓，不作他想。

「你們怎麼會想來走這條山路？」史奇伯問，他炯炯有神的眼似有笑意。

鳳翎眨眨眼：「老實說，我也不是那麼清楚。」

・・・

重新盤點；補給糧食；確認裝備；修補背包。

若說不停地走路、紮營、走路、紮營……是古老身體的樂章，那麼驛站就是樂章中間的休止符，休息是為了走更長遠的路。

夜裡，榮文在廚房煎炒特製南瓜料理，加購兩罐汽水——一罐要請史奇伯喝。

鳳翎烤了雞肉披薩，為自己泡了杯熱可可，捧起來貼著臉頰，熱呼呼的好舒服。史奇伯坐在餐桌前看著她和榮文張羅，鳳翎忽然有種招待客人的錯覺，真像她和榮文在東方島嶼老家款待朋友的日常，自然而然。

史奇伯說了很多話，今晚被特別禮遇讓他感受到家的溫暖。一個人走在這條山徑上很久了，他從「大煙山」走來，知道明天這對東方的伴侶即將往那裡去，提供許多到大煙山要留意的訊息，當然包含可能遇到「那種」動物，畢竟大煙山之所以盛名遠播，正因「那種」動物之多。

這引動了鳳翎壓抑多日的焦慮，她追著史奇伯問相關經驗。剛好，「和動物在一起」正是史奇伯的工作，他對動物之熟悉，如同榮文之於作物。

「不用擔心，遇到也很難得！」史奇伯介紹「那種」動物的屬性與習慣，分享應對之道。

在史奇伯老神在在地分享下，鳳翎的憂慮一點一點散去。恐懼是因為未知，如果成為已知，就不用再設想無盡的深淵讓自已跳。她多麼需要有已知者走在前頭，拍拍她的肩膀說沒問題啊！

畢竟是鳳翎自己說要來的，她做決定不一定有周延計畫和詳細評估，端視生活中偶發的訊息和命運特殊的交集為依據，而有突發性的改變。

榮文一向不很明白鳳翎的決策邏輯，他隱隱知道，這種神祕有規則可循，久而久之，鳳翎天外飛來的邀請或提議變成常態，他見怪不怪。至少，旅程來到他生命裡，在那之前，他根本沒聽過「**阿帕拉契**」。

史奇伯的到來讓榮文開了眼界，即便語言有限，人卻能因惺惺相惜而長出溝通的能力，傳遞東西不同的文化風景，緣分讓這個晚上變成動物之夜。史奇伯話匣子打開，從傳說中「那種」動物開始：黑熊、灰熊、棕熊，然後是駝鹿、麋鹿、馴鹿，到野牛、野豬、郊狼、響尾蛇……史奇伯無一不知，這全然無知的世界，榮文聽得津津有味。

史奇伯像老爺爺似的，講著他與他的家族，和各種動物相遇的故事，故事很長，而只有一個夜晚，那一道東方特炒南瓜料理已經吃完，披薩還有兩塊，鳳翎聽到渾然忘我，可可都涼了，她看見獵人之靈在原野上奔跑，全然不同於老家祖先的躬耕勞動，情緒跟著緊張起來，聽到手心忍不住冒汗。

史奇伯聊到一次看到兩隻野牛打架的驚險遭遇時，鳳翎猛然想起什麼，轉頭看向榮文，兩人的眼神交會著日前在那個山屋驚魂未定拼命生火的夜晚，不遠處那兩隻鬥爭吼叫的……「那種」動物？

逮到機會，鳳翎遂將那日反覆聽聞的恐懼之聲搬到史奇伯面前，她不會模仿那叫聲，卻始終記得那不定時的吼叫迴盪山谷，數度令他們墜入深淵。

史奇伯請鳳翎仔細描繪聽到聲音的場景和細節，榮文難得補充。

「哈，那不是熊，是野豬吧！」史奇伯說，他凝視他倆，眼神銳利又溫柔。

「蛤？」鳳翎錯愕，遂發現自己不想要這答案，她對「那種」動物有太多想像，幽深的恐懼底下，竟是孩子氣的期待。

「怎麼可以是豬？」她轉頭看向榮文，不由得癟嘴。

繼續解釋那吼叫，但無論鳳翎如何加註，「推測就是野豬。」史奇伯說。直到那時，鳳翎才發現其實她希望是熊——人人口耳相傳、帶有傳奇色彩、卻又懼又愛的「那種」動物。

恐懼存活在臆測中，如陰影般巨碩，但遇到史奇伯，卻顯得具體實際。於史奇伯那端是客觀現實，於鳳翎這頭卻是奇幻異想。鳳翎於是承認，她害怕過頭了。

這樣的旅程，說再見以後就不會再相見，無論還有多少精彩可期，隔日終要分離。三人把握最後時光，爵士樂真好聽，廚房變成時空膠囊，不想睡原來是這種感覺。

・・・

背包客房內，史奇伯拿出某植物的根和幾片葉子給榮文，榮文輕撫乾根的紋理，鳳翎好奇想知道那是什麼。只是他們聽不懂植物的本名，「是藥。」史奇伯乾脆說。根可泡茶，葉咀嚼可助消化。

史奇伯另掏出一小包物事，裡頭有蒐集多時的棉絮和枯枝，榮文嘴角揚起，隨後史奇伯帶榮文到洗衣間去搜尋乾洗手和酒精，那是生火很好用的東西，畢竟明天以後的大煙山，是三不五時就下雨的地方。

留在背包客房的鳳翎，悄悄打開大背包的頭袋，在深處翻出小夾鏈袋，取出幾片「油柴」，是遙遠東方島嶼的山上，二葉松樹幹或樹根凝結成脂的削片，是老家原住民族生火的法寶。鼻尖湊聞，松脂的味道好香，這是東島山林的味道。她思量明天道別時，要送給史奇伯。

史奇伯一樣不懂東島語言，沒關係，她也想好了，她會告訴史奇伯說：「這是黃金。」

雨走來的聲音

雨中行走，為身體當下需求盡快做出抉擇。

在一次又一次的沮喪挫折或狂奔中，

領會「雨水是甘露」這狗屁的勸世神話。

「唉，就是走得累……」鳳翎忍不住在心底哀嘆。

史奇伯沒說錯，「大煙山」果然名副其實，潮溼多雨雲霧迷漫，成日雨中行走，還不叫人意志消沉？

前方的榮文停了下來，鳳翎走到他身側，跟著停步，鞋子都溼了，手腳冰冷之時，兩人在雨中相對無言。水珠子沿雨帽邊緣不停落下，鳳翎看著榮文無神的臉，不免憂慮。

不久前才聽他唸道：「還要走那麼多天，好久……」那還只是陰天的時候，畢竟這不是榮文自發的旅程，他沒鳳翎那麼熱愛遊走山林，走來走去，除了森林還是森林。鳳翎不禁懷疑，會不會有一天，榮文就說他不走了？

榮文還杵在那，鳳翎率先舉步前行。她要以身作則，她知道榮文會看見她前行的背影，若喪志會催發寒冷與疲憊，移轉注意力是不錯的方式。走，走下去！

多少旅人慕大煙山之名而來，只為走在雨霧中，若不下雨還會失望，只因西方古大陸一向乾燥少雨，雲霧繚繞的森林充滿魔幻之力，於他倆而言卻一點也不稀罕——老家東島多雨，若住山村，這變幻莫測的雲霧根本是日常。

漫長的行走中，鳳翎緩慢與自己對話。是呀，即使知曉雨天走路有心平氣和融入當下的「境界」，對負重淋雨的行者而言，每一次都仍是第一次，不一定會因熟悉而顯得更輕鬆。

「千辛萬苦來到這裡，卻遇見這麼像東島的氣候……」鳳翎邊走邊想。

這些厭膩難耐如此真切，她發現自己正在怨懟，異地的山徑讓她再度成為初學者，從頭溫習：所有的討厭、乏味、疲勞、溼冷，都有被認真對待的理由，每一次淋雨走路都是第一次。

這麼一想，就輕鬆了。深呼吸，多聞一點芬芳的草木氣息。雨霧的水氣能過濾空氣中的雜質，使草木的氣息更乾淨分明，能精準獲取森林氣韻的時刻，多聞幾下，思慮會愈發通透。

雨是歌，雨是詩；雨是魔鬼，雨是戰神。

雨是菩薩的甘露，滋養萬物，孕育森林；也是煩死人的老太婆，不停囉嗦叨唸，直到人完全投降。厭膩和抵抗的作用力都會反彈回自身。碎嘴抱怨雖無用，卻有益身心健康，畢竟誰也不想再溼下去，此時雨根本是個教練，不止息降下他們不想聽懂的功課。

下久了，總會停的。

雨停下來的時候，世界驀地變得安靜，鳳翎再走一小段後，脫下雨衣褲，環顧四方，周遭的森林真美，細窄的山徑一條筆直地通往前方，沒入霧裡。兩側是滿布青綠苔蘚的森林，大綠球或小茸球，疏落有致，每個細微的生命，都沾染晶瑩剔透的光澤。

走著走著，好似又要下起雨來。鳳翎忍不住對天默禱，請天地大靈指引她參與其中。她突然感覺到不知是什麼力量牽引，彷彿他們會來到這裡，自有安排。如果她願臣服於自己的軟弱、恐懼與虛幻中，如果她願坦然接受一切，她就能聽見遠古的召喚似的。

那一刻，起風了，大片森林隨之搖擺顫動，鳳翎還沒準備好，她沒能聽清楚，那個召喚是什麼。只聽到榮文在後頭的聲音：「穿雨衣了。」

他不知什麼時候跟上來的，鳳翎開始著裝，榮文復又往前，祈禱就此結束。

那個瞬間，發生了很多事，卻又像什麼也沒發生過。

・・・

他們走上山頂，把握難得無雨的時光，榮文坐在灌叢旁閉眼小憩，鳳翎將路上採集的葉子拿出來晾乾，成排的葉子形狀與觸感各異，卻都是她挑揀的如廁好夥伴——取代衛生紙，葉子用畢即歸回土地。鳳翎小心翼翼維護每片葉子的乾淨清爽，每日採集足夠的數量就好。

她在意這些微小事務，並為其繁瑣細緻的打理過程感到充實。榮文沒那麼多複雜的心緒，休息時段他要不打盹、要不進食，簡單直接，但他了解鳳翎，鳳翎總是很忙，就讓她去，若時間不夠，那他會等。

「整理得這麼好，妳可以帶回去賣了。」榮文醒來，看到鳳翎排列的紅葉，悶笑一聲。

話才說完，豆大的雨滴就落了下來，鳳翎忙不迭把葉子們收進夾鏈袋中，動作之快就像午後雷陣雨衝向曬衣場的婦女。兩人速速穿上雨衣，方才的愜意一下子遠走，瞬間便沒入大雨之中。

雨極大，雨滴落打身體如擊鼓，水珠子不停被濺飛，不多時鳳翎便感覺到雨衣內層開始滲水，衣領和袖口慢慢濡溼。奇異的是頭頂上卻看得到藍天，大雨讓人沒機會停下來欣賞，只覺大煙山的精華地段幾乎都在一片白茫茫中走過，美不美又有何差別？

在雨勢變小幾乎就快要無雨時，鳳翎再一次脫下悶熱的雨衣褲，誰知走一走，又再度下起雨來。她嘆了口氣，雖說每次都是第一次，但這反反覆覆穿脫已經好幾輪，有完沒完哪？重新穿上雨衣，她懶得再套雨褲，既然離預定抵達的山屋只剩兩英里，暫且將排汗長褲管捲起避免濺溼，就這樣走下去。

快步前進同時，雨勢轉大，不遠處轟雷鳴響，鳳翎不想停，直走到一株稍高的灌木叢邊側，才勉強躲在樹下，只見水滴從雨衣各開口處瘋狂落下，捲起來的長褲管溼了大半，該穿雨褲吧？鳳翎卻在抵抗，意識到自己這回在跟老天鬧倔，瞬間猛烈的大雨讓自己動彈不得，她不知此時該怎麼穿雨褲才不會更溼？毫無頭緒，就地怔忡了起來。

自後方走來的榮文，遇見呆若木雞的鳳翎，山徑窄小讓他只得在後頭等待。鳳翎怔忡了不知多久，直到聽見一句：「我等到在接水了。」後方傳來榮文低沉的聲音。

那話像一個煙硝，點燃鳳翎雨日行走的諸多忍耐。

她轉身怒瞪榮文一眼：「你明明就可以自己先走！」

隨後豁出去似的，不顧一切胡亂套上雨褲，滂沱大雨不再是障礙，她憤而疾行，不回頭也不等待，周遭風景呼嚕呼嚕地雜揉成一團。

也不知道自己怎麼了，鳳翎用噴火般的意志提領肉身奔馳。她氣榮文不夠體貼，氣這雨莫名其妙，說來就來、說走就走，她已經這麼努力，還是失控！她想報復，但到底要報復什麼，她也不知道，不，她不想知道，就讓肉身奔馳，靈魂癱瘓不起。

某種程度上，負重的徒步者和躬耕的農夫一樣，「認命」是種甘願的智慧。可是，鳳翎不想認命，像孩子一樣忿恨難平——因為雨實在連下太多天、太久了。就是走得很累！就是喪志！無論充足的經驗、豐沛的知識、天啟的靈光都沒有用，此一時、彼一時，**每一次都是第一次**，走到鞋襪全溼、手腳冰冷，懊喪不已卻不能回頭。

該死的，是誰發明「天降甘霖」這種屁話？

不知道風吹雨打的行者真的很辛苦嗎？

山屋在哪？

鳳翎幾乎要拔腿狂奔了，看似精實衝刺，實則狼狽無比，大口呼吸，起伏的胸膛是活著的證明。當她終於看到前方隱身在樹林中的木造建物時，她知道苦難終有盡頭，而胸口難以吐出的那一口氣，盡數都投放至那個方向——走至屋簷下，山屋到了，沒有掌聲、沒有喝采，她鬆了好大一口氣。

榮文隨後也到了，他卸下背包，掏出鋼杯，沉默走至屋簷邊角接縫處接領雨水，咕嚕嚕仰天一口喝下：媽的，追狂奔的鳳翎真他媽夠累的！下大雨是吧？就順應這大雨，把水裝滿，不出去取水了。

榮文的實際行動提醒鳳翎身體力行永遠有效，她把身上正瘋狂滴水的衣褲盡數替換掉，換上乾爽的保暖衣物、領巾、襪子及拖鞋，安頓好內外。榮文走來，放一條起司培根餅乾在鳳翎面前，鳳翎直盯著餅乾才發現，她餓了，也失去嘔氣的理由了。她想放手，只為原諒自己。

此時來了三位年輕聒噪的女孩，為抵達這山屋歡欣鼓舞。她們見下鋪有人，先後爬上上鋪，嬉笑喧嘩不斷，甚至打起牌來。

上頭小小的空間彷彿成了女大生宿舍，下鋪這頭正拉筋的鳳翎，愁眉跟著舒展開來，外頭愈是風雨交加，裡頭女孩們的活力熱情愈能沾染她，方才風雨中失控的自己是一種真實，而今女大生的活潑歡快是另一種真實。外頭不停歇的雨啊，在教導她什麼呢？

榮文臥在下鋪另一頭，安適倚著牆，逕自畫他的食譜。

這晚，桌椅全被潑溼，女大生占去壁爐邊側大半的空間，榮文於是移師到山屋另一面煮晚餐。

儘管持續下雨、儘管冷、儘管站著煮飯，卻不知為何，鳳翎覺得這天的味噌湯麵特別好吃。縮在狹窄的屋簷底下，她用筷子翻查這天晚餐的好料：兩朵香菇、四片肉乾、一點高麗菜乾……老天，千篇一律的食材，環境還溼到沒地方可坐著吃飯，怎麼如此溫暖美味？鳳翎轉身看向雨霧中的黃綠色森林，淅瀝瀝淅瀝瀝，大地安安靜靜，氤氳朦朧間飄來陣陣芬芳。

揚起嘴角，鳳翎想：**就是這樣，才到山裡來**。

只因你永遠可能被當下顛覆，不論是現實改變你、又或你改變了現實。舒暖溫飽得來不易，所以分外珍惜，行路中若有生動的感知、高度的覺察、規律的行走，吵架或崩潰都不過是過程，也許就只為濃縮這一刻無與倫比的滿足。

湯頭暖呼呼的，鳳翎忍不住想紀錄這碗麵，到背包處掏出紙筆，面朝黃綠色的雨霧森林，縮身靠著牆就寫了起來。

雨沒停過，睡前刷牙如廁成為大事，因為必須從乾爽的床鋪走入風雨中。鳳翎拉下褲子蹲在森林角落尿尿時，喊著不遠處的榮文刷完牙就趕緊回去吧，因為榮文動作總比她快，等待磨人，這雨夜冷的呀！

結束如廁，她轉身看見，山屋方向有頭燈閃爍，那是榮文沉默的等待。

睡前，鳳翎跪坐在榮文的身側，他今天煮晚餐時提及背痛，不知是不是背太多的關係，鳳翎幫榮文按摩，按著按著，覺得榮文的背真像山……

・・・

出發。

潮溼是一種朦朧又軟綿綿的氣息，能幫助鼻子嗅聞林葉混融的清香，森林的全貌會在雲霧飄渺間忽隱忽現。

早已忘記是第幾天走在霧裡雨裡，彷彿已經這樣走了很久很久。榮文逐漸在每日可預期的重複中找到他的安身之道，一種特屬於農人才有的規律，靜默且穩定，日復一日行走如日升日落耕種。

此刻有一個細微又壯闊的聲音自天際間蔓延開來，鳳翎抬頭，她聽見了，那是瞬間如一陣大風的……雨聲！今天的第一場雨，被「**聽出來**」了。

鳳翎驚詫莫名，她從沒能用聽覺接領到雨的消息，通常經由身體被雨珠滴到的觸覺、或看見窗外細細飄雨的視覺，她沒感受過「雨未到，聲先到」的浩瀚排場，這一陣雨的到來，掀起如風一般的聲響，那是被放大好幾倍的，清靈的窸窣聲，在山谷間輕輕震盪。森林樹冠層齊齊搖擺振動，沙沙沙沙……啊哈！她聽見**雨的腳步聲**，原來是這樣。

「要下雨了。」鳳翎清楚明白，並為這發現感到驚奇。東方島嶼雨水再多，她也未如此細聽過。瞇起眼，看向林子外更遠的風景，雲霧移動的速度既輕且緩，但雨確實降下來了。

那是一種非常奇怪的感覺，雨水翩然灑落，但身體還未知覺——因為森林上方大範圍的樹冠層，每一片細小的葉子都正在承接。

她知道要等到樹葉們承受不住了，雨滴才會落下來，掉到她身上。她有時間諦聽整座森林承接雨的聲音，細緻輕盈的聲響，像精靈們在每片葉尖上跳著輕快的小步舞曲，優雅靈動，來自整片天空，現場帶著一股節制且溫柔的澎湃，她臣服於這樣的聲音，並為此感到安心。下雨的聲音太迷人了！

這一刻過了就不會再來，在雨滴落下碰觸到身體以前，鳳翎只想好好走路，撿拾每一處無人知曉的祕密。

遇到沉默的榮文，他在路旁穿雨衣，鳳翎沒說話，越過他繼續走，穿雨衣的榮文提醒鳳翎現實的存在，但鳳翎就是覺得不用！不知打哪來的自信。

隨後，雨下得大了，偶爾會滴落到頭上肩上。儘管直覺告訴鳳翎不需要穿雨衣，她仍受到方才榮文動作的影響，開始思考評估，真不想像之前那樣又溼又狼狽了……好吧，暫停這走得酣暢溫熱的身體，乖乖下背包掏雨衣。

雨衣是套上了，就是有點不情願。

一回頭，看到榮文可是連雨褲都周全穿上了，鳳翎忍不住莞薾：果然是榮文，他們真的很不一樣啊！她直覺認定可以不穿，榮文卻中規中矩全副武裝。

那確實是一時的急雨，一陣過後就了無蹤影。穿雨衣好生悶熱，走沒多久，鳳翎無奈地又褪去了雨衣。

這是鳳翎的困擾：難以相信自己的直覺。這與他們成長的社會相關。他們的教育屏棄了直覺訓練，而崇拜理性邏輯。使得鳳翎優柔寡斷並常違背自身意願，特別直覺總是迅速出現且毫無道理可言，有時她也難以判斷這是直覺、還是自己一廂情願的任性？

為什麼不相信自己？鳳翎自問。

關乎直覺的出現只有自己知曉，大自然就是老師，她卻倉皇於直覺與現實判斷的拿捏，而她已一次又一次在棄守直覺中認栽。與榮文不同，榮文精於用分析思考做決策，鳳翎卻只想跟榮文一樣，畢竟長年來受科學理性的訓練已久，她於是拋去自己的靈敏直覺。

該不該穿雨衣？什麼時候穿？一個走路再微小不過的選擇，都如此明晰。

這正是鳳翎的考驗：跟隨直覺，才能活出名字的氣韻，找到自己真正的力量。

火，我想遇見你

早就忘了，生命的誕生有多麼艱難。
所以，我們有權，天天都生日快樂。

那是暗夜裡的光，驅逐恐懼，溫暖眾人。

多少潮溼、晦暗、陰冷或想像的鬼魅，都會在它甦醒一刻破散，溫熱的傳喚，源自血液中默聲奔騰的古老記憶——只要圍繞著、看著，就感受到安全。有時，像孩子一樣戀戀不捨，只想守在它身邊，看著看著，這麼直到入睡。

・・・

已連下三天三夜不停歇的雨了。雨一夜未停，叮叮咚咚打得山屋屋頂好不熱鬧。

鳳翎睜開眼睛，盯著昏暗的周遭，莫名沮喪。起身如廁，只覺溼冷的寒氣逼得她不住瑟縮，隨後在廁間裡發現月經來了，暗紅色的血沾染白褲底，禁不住苦笑，隨即下了一個決定，無比篤定。

有什麼理由，比黎明在連綿不絕的雨中發現自己月事到來，這一天還是自己的生日，還更理直氣壯地不喊休假的呢？

走回山屋，鳳翎蹲在榮文的耳邊說：「今天不走了好不好？我要過生日。」她只想在山屋當廢柴。

榮文點點頭，鳳翎在心底喊了聲：「YES！」原本喪志頹傾的身體突然振奮了。已連續走半個月了，每日朝九晚五，偶爾喊卡暫停也是必要的。

淅瀝淅瀝淅瀝淅瀝，雨不停歇，只有大雨或小雨的差別，不走路，這一天在山屋可以做什麼呢？榮文在通鋪上縫補帽子，鳳翎利用屋簷下的小水窪，清洗裝備並吊掛起來，一邊孵著一個渴望、一個行動。

今天是特別的日子，鳳翎想為自己點一把火，照亮他們的生活。就算三天三夜雨不停、就算森林裡的一切無不瘋狂地在滴水，也要想方設法為今晚生個小小的火，**火光就是燭光，是她的願望**。

雖熟悉登山，鳳翎卻不擅長生火，就算不服氣，也無可奈何，她沒法像榮文那樣輕輕鬆鬆兩三下就生起火來。

火好像是他養的，與他過去常被賦予生火任務的經驗相關，如此熟稔於木頭與火的關係，鳳翎總在一旁看著，始終輪不到她。她是被照顧的女人，只要負責把兩手伸出去烤火，嚷嚷著：「好溫暖喔！」就好了。

不想再做這樣的角色。不想再什麼都要榮文來，自己卻什麼也不會。

趁午後雨勢稍小，鳳翎套上溼冷的毛襪，穿好雨衣、雨褲，咬牙走進水氣滿布的森林。

因滿心都是火的畫面，邊走邊撿柴竟不覺辛苦，泥土沾滿了手、枝條擦過臉頰、朽木絆倒了腳，都是正常會發生的，誰叫今天是休息天，她有大把的時間好好面對這個願望。

這天候條件生火不易，要更認真備柴才行。生理期令自己腹部發疼，頗為虛弱，但有一個明確的目標讓人充滿熱情，她一心一意在林子裡撿柴，專心致志，到處蒐集大小不同的柴枝，像隻小白兔似的在森林裡蹦蹦跳跳。

從林子中走出，鳳翎抱著一整捆柴，感覺自己超富有，見榮文也從另一側林子裡走出，滿懷抱是柴，「夠了吧！」他嘆道。

鳳翎偷偷笑了，臭榮文，前一天還為她硬要在雨天生火煮飯的要求不滿，這天也下海幫忙了。

好奇怪，當全心全意地想著一個念頭，投入於行動本身，艱難的事竟因此變得簡單，過去找不到柴薪的笨手少女，原來是沒有真心。只有真心想做一件事，願望的齒輪才會滾動，木頭會現身，俯拾即是，滿山滿谷都是柴。

毫不在乎撿得一身烏漆抹黑，山屋內，鳳翎看著地上小山似的柴薪……好！捲起袖子，開始歸整分類。

柴要分粗中細，還有一邊判別生柴、乾柴和溼柴，以及蒐集最初生火時需要的最細的松枝。理柴需要功夫和時間，多好，她有一下午可以做。

火，我想遇見你。用自己的手、自己的呼吸傳喚，盼你帶給我力量。

・・・

鳳翎有點緊張，這麼溼，生得起來嗎？細細理柴的同時，榮文開始在石造壁爐內堆疊起火堆，準備生火。

鳳翎默不作聲，儘管她滿心吶喊：「讓我來！」卻毫無自信，她讓自己愈發忙碌於理柴，同時不由自主看著火堆。時間還早，傍晚五點，他們有很多時間，山區可要八點多才會天黑。

一位森林女警走了進來，放下背包開始鋪床，顯示今晚她也睡這裡。她望向壁爐前這一對東方男女，饒富興味。

榮文掏出他的法寶袋，取出幾片削好的乾木片、切一塊蠟燭的蠟、揉一團上一個補給鎮洗衣機內蒐集的棉絮，並從地圖攻略手冊中撕下前日的路線圖，這是今日全部的火種。

哇——小小火苗被餵養起來了，好美、好柔弱。

榮文又添加了些潮溼而粗一點的細柴，貼在地面上輕輕地吹氣，送呼吸給小火苗，期望它長大，可是火苗一碰到溼柴就委靡了。

榮文非常努力，一口接一口送氣，但火苗消失了，只剩白煙，一開始煙很濃，後來煙也不見了，他不放棄繼續吹氣，吹到最後一口氣時：「呼！」帶點惱怒地瞪著什麼也沒發生的柴堆。

好吧，榮文耐著性子，再試了第二次，這回改了細柴的堆疊法，並出動大團的棉絮，只見棉絮團瞬間燃燒成一團火焰，然後迅速消失殆盡，今天是怎麼了？不太順遂啊……

他轉頭看向鳳翎：「換妳。」隨後退下。

鳳翎一愣一愣的，該要竊喜的，因為榮文生火失敗了，她才獲得機會。但蹲到壁爐前，卻緊張得腦袋一片空白。何必呢？不過就是生個火！到底為什麼那麼在乎？

重整散了的柴堆，把燒剩的碎紙和蠟塊撿起來，榮文把他的法寶袋都直接給了鳳翎，裡面還有史奇伯的祝福，以及最後的紙張和木片。鳳翎開始屬於她的冒險旅程，戰戰兢兢試了，用掉許多根火柴也不得其法，明明很冷，卻手忙腳亂搞得自己直冒汗，這失敗，不過是正常發揮。

榮文在一旁看了，遞了把打火機，說：「再試一次吧！」

這就像煮飯，料理會反應主廚狀態，愛心與耐性都吃得出來；生火也一樣，柴堆不過映照出生火者的穩定度，稍有不耐或失去信心，都沒法取得火苗。

「不，不要給我打火機！」鳳翎在心中大喊，她緊握著小小的火柴盒。

雨持續下著，鳳翎趴在壁爐前與柴堆繼續奮鬥，像賭博一樣，把所有的籌碼都推出去，連糖果紙和珍貴的衛生紙都用上，多希望它可以生起來啊，很多紙的結果是火很大，卻什麼也沒留下。

最後她拼了命守著餘留那一簇火苗，眼睜睜看它如風中殘燭般愈來愈孱弱……

這火生得好辛苦，一旁整整齊齊理好的柴薪，看來格外諷刺，全是多餘的，孤注一擲全無用，耗費了那麼多時間與氣力只為一把火，生火生到森林女警都睡一覺醒來了，兩個人依舊在壁爐前灰頭土臉地空忙。

榮文姑且放下這兩人說好要用火煮的晚餐，默默掏出爐頭去炊事區準備。鳳翎最後也認了，蠟塊燒完了，什麼也沒改變。此時兩個女人背著背包走了進來，渾身溼透的她們正脫下雨衣褲整頓自己，鳳翎無暇理會，蹲在壁爐前死盯著柴堆不放，中心是溫熱的，部分細枝的蒂頭在燃燒，她還想再試一次、再試一次就好，她發誓，失敗她就立馬收工……

再一次的結果，是徒勞。

熱情用罄，沒什麼好說的了，鳳翎決定放棄，榮文是對的，乖乖煮晚餐才是實際。

她垂頭喪氣走到大背包旁，把微溼的火柴盒收進夾鏈袋裡，空空如也的法寶袋叫人若有所失。

其中一位滿頭白髮的女人走來，脫下雨衣的她一雙眼晶亮有神，遞了個物事給鳳翎：「我想你們應該用得上……」客氣又有禮。

一看，竟是方才已被燒掉的前日路線圖，一模一樣。她們也選用同一本旅者攻略嗎？鳳翎不無錯愕地看著白髮女子，她的笑容和火一樣溫暖。白髮女子頷首轉身離去，鳳翎拿著那張輕薄短小的地圖，怔忡地站在那裡，難道要為了這張紙，再試一次？

腦袋顯然當機，但身體已然動作。鳳翎轉身蹲到柴堆前，翻找出稍早沒燒完的棉絮，竟然還有。好奇怪，沒有任何期待使鳳翎安靜，時間變慢了，慢條斯理地撕那張地圖，撕成一條條細長的紙屑，把棉絮包在鬆鬆的紙屑團中。就這樣以紙屑團為中心，重新堆起印地安式的細柴堆。

白髮女人的細膩與善良鎮定了她，因為也沒有其他任何法寶能使，鳳翎沒有雜念、心無旁騖，不懷抱任何希望，沒有得失心。

「嘶！」火柴頭再度在黑暗中擦出光亮，點燃紙屑團，鳳翎專心致志地顧火，火極小，這景況已不知是第幾回了，趴在壁爐前，棉柔細長地吹出胸中吸飽的空氣，一呼一吸、一呼一吸……

「妳怎麼辦到的？」當榮文的聲音出現在身後。鳳翎才忽然意識到：生起來了嗎？

周遭的細柴開始燃燒，火還這樣幼小。

榮文是來喊她吃飯的，他都煮好了。

不知哪來的心甘情願，鳳翎起身，拍拍身上的灰燼，走，吃晚餐吧！殊不知榮文隨之蹲下去，將主柴挪得更近，開始吹火。

就這樣，一人顧火、一人分飯，角色對調了，換鳳翎跑進跑出喊榮文吃飯，天冷風大，再不吃要涼了。榮文卻始終不來，鳳翎急了，跑到榮文身邊輕拍他的肩：「夠了，今天我很滿足了，生不起來沒關係。」榮文還是不起身。

算了算了，不管了，她自己要先吃了。

鳳翎跑回炊事區捧起飯碗，榮文才拖拖拉拉地走來，一邊碎碎唸著：「主柴就快燒起來了……」語氣頗有遺憾。

鳳翎卻放下了，她想執念皆由她而生，這一天兩人也夠努力了。輕扯著榮文的袖子說謝謝，兩人這麼邊想著火邊吃飯，微溫的雞肉飯，吃下第一口，才意識到肚子餓了。

榮文去背包處拿辣椒，回來後帶著一股神祕的微笑，說：「現在是那森林女警在顧火。」

這下換鳳翎瞪大雙眼：「什麼？」她跳了起來，跑向壁爐處——可不是嗎？只見那位森林女警拿了一個泡棉坐墊守在壁爐邊，看顧火的側影讓人印象深刻。她把主柴挪開了，火堆變成一個小小的圓，火心紅透，還需添柴。一會兒起身，滿地尋找還有沒有其他細枝可以餵火，一邊皺眉對鳳翎說，也許她也該放棄。

怎麼可以？這麼多人照顧的火！當森林女警回到床上休息，吃完飯的鳳翎坐回壁爐邊，再次調整主柴的位置，接棒看顧。

儘管紅通通的炭火都快吹沒了，細柴即將燒盡，只要她還有呼吸，就會持續送氣。已無關乎放不放下的執念，這火是眾人努力的期盼。

洗好碗的榮文過來，還有心情戲謔：「沒救了啦！」他一邊說著、一邊蹲下來再挪了幾支柴。

沒有鋸子，他用瑞士刀當小小迷你鋸，土法煉鋼鋸一根粗壯的木頭。鳳翎則又跪又趴又坐，不停轉換姿勢，適時送氣給火苗。

就這樣，鳳翎吹完換榮文吹，榮文吹完換鳳翎吹，這起火之道一點也不正常，完全仰賴人工送氣，火紅豔豔地顫動，竟也慢慢長大了。

起初，火像是喝醉的舞者，然後愈舞愈穩定。此刻外頭已伸手不見五指，時鐘過八點了吧，三個女人都鑽進睡袋裡了，偶爾，她們的頭會悄悄露出來，望向壁爐，看著榮文與鳳翎。

・・・

直到火熊熊燃燒，發出劈里啪啦的聲響，再放多少溼柴進去也無法削減火勢時，鳳翎才終於放心。

坐在火邊，感覺紅光在臉上靈躍地跳動，溫熱的輻射逼人，丟一根溼淋淋的柴進去，穩定的火會將其間水分快速蒸發，而發出「嘶嘶嘶嘶」的鳴響，火在歌唱、在狂舞、在施展魔法，再仔細一點，會發現木頭在最後水氣幾乎蒸發完全一刻，火會發出細微的尖叫。

哈哈哈，鳳翎差點想拍手，火真可愛！每次聽到這聲音，就知道只要再一下，木頭就會完全變身，無止盡地發光發熱直到化為灰燼。

火光映照臉，鳳翎想起一位老師曾說過的話：「**火是樹心裡的祕密**。」她想，火也照亮了她的祕密，剛剛，她完全忘了她不擅生火呢，火把「不會」的懷疑苦澀都燒掉了。儘管夜雨不停，她和榮文仍有幸享受這座森林收藏千百年的陽光，由這些木頭轉化而來，驅散溼氣，輝耀著這間山屋與所有人。

「謝謝你們，晚安。」上鋪傳來那位白髮女人細細的聲音。

「我們的榮幸。」鳳翎的回應在暗沉的夜裡異常響亮，這熱呼呼的光源，是她和榮文的驕傲。

榮文拎著溼淋淋的襪子，遞給鳳翎，鳳翎才猛然想起，對齁，生火是為了烘襪子！既然有火，就不要放過跟火合作的機會。

烘襪子、烘鞋墊、烘帽子、烘護墊……想得到的都拿來烘，愈晚愈忙，烘到兩人暗夜裡忍不住嗤嗤亂笑。晚間快十點，才相偕去廁所。

一出山屋，鳳翎驚呆了——滿天、滿天閃亮亮的星斗！像一個大斗篷把所有的碎鑽兜攏了就要往他們頭上倒下來一樣，鳳翎拉著榮文的手不住驚呼：「你看、你看！」

每顆星星都無聲閃爍著遠古的訊息，關於人與自然的相戀與相離。

明天，會有好天氣嗎？

鑽進睡袋一刻，鳳翎捨不得入睡，像個孩子似的盯著壁爐紅通通躍動的火光，滿心感激：這場雨、這個火、身邊的榮文、女人們和星星們，就是她的生日禮物。

謝謝教導，有生之日，天天快樂。

分裂

眼花撩亂，胃口大開，面對各種「想要」，他們無可自拔。

身體逐漸頹軟懶散，也是沒有辦法的事。

清晨，朝陽尚未進來，山屋外開闊的草地上，浮著一層、兩層、三層，寬窄不一的白霧，彩帶一樣重疊，輕柔飄移。

榮文早已起床，他坐在面朝戶外的長板桌上，輕手輕腳組裝爐具；鳳翎剛坐起身，腦袋空空尚未開機，這麼看到兩隻鹿慢悠悠地晃到山屋前的草地上，低頭啃食起來。

這畫面令鳳翎瞬間清醒！不可置信地盯著迷霧中啃草的白尾鹿，一大一小為母子對。鹿生性敏感膽小，不可能不知道這裡有人。

除了她和榮文，還有另一個帶著攝影機的寡言男子，他站在角落，盡可能縮小自己的存在感，用鏡頭捕捉迷霧中的鹿。鹿倒愜意輕鬆，從鳳翎這頭望去，兩隻鹿的身影和三層白霧精巧地融合，就像一幅自然水墨畫。

鳳翎眨眨眼，為了不驚動鹿，收睡袋的動作變得極輕巧。才剛起床，屋外有草、有霧、有生命，只要抬頭，白尾鹿在前方作伴。

白霧中，小鹿身上的白色斑點像夜裡的雪，兩隻大耳朵在空氣中搧動，一下豎立、一下外翻，煞是可愛，鹿媽媽在一旁守護。這是什麼天降的幸運？牠們住哪呢？是不是常來這裡吃草？青青草地襯著薄薄白霧真好看，黃棕色的皮毛和白屁股極好辨識，鳳翎幾乎能聽見鹿兒啃食和踩踏草地的聲音。是說榮文也真有定性，完全不為所動——他距離那兩隻鹿，可不到兩米。

有那麼幾分鐘，兩隻鹿低頭吃草、榮文準備早餐、鳳翎綁著髮辮、寡言男子按下快門，時間定格於此，人與鹿各自打理自身，看似了無交集，實則每時每刻都留意彼此的存在。鳳翎感受得到母鹿在**偵測**，牠判斷這裡的人沒有威脅，才留在這裡。

一、兩分鐘內，鹿與人已各自在空氣中讀取往來的訊息。

她著迷於這無形的溝通，即使她永遠無法知道對面的野生動物在想什麼，這是公平的，鹿同樣也無法理解人類。

即使如此，如此相安無事的畫面總讓鳳翎底心感受到振動，人與自然共存的故事不會只出現在動畫中，跋涉千里而來，要見證的，也就是這片刻。

如果不來，她不知道她需要。遙遠的東方島嶼，一樣有山，只是有家、有田、有關係、有工作、有責任義務，若不離開原生環境，她看不清自己真正的模樣。

寡言男子的鏡頭喀嚓喀嚓作響；榮文轉開爐頭開關，瓦斯爐轟轟鳴響，都沒驚擾到鹿。反而是鳳翎，不過是把充氣睡墊的鎖頭旋開，睡墊瞬間漏氣「嘶——」高分貝的聲音傳出，在草地上吃草的小鹿，突然弓起身子，不停蹦跳，鳳翎一下反應不過來，還以為小鹿在玩；榮文卻轉身，指了指鳳翎手上的睡墊，但來不及了，鹿媽媽安撫小鹿不成，把受驚的小鹿帶離了草地。

鳳翎為此錯愕不已，有點氣餒，仍意猶未盡。

她下定決心，之後要更小心，以延長更多和動物共存的時空。清早的相遇像一場夢，在心底印刻。

吃完早餐，收拾裝備，離開前，那位寡言男子遞名片給他們，頷首微笑，原來是位動物攝影師。鳳翎欣賞他的安靜內斂，這令他們非常自在，無須言語，三人在山屋內各安其是。充滿迷霧的早晨，因鹿和人而有美麗的交會，像冬日陽光折射的冰晶。

鳳翎這麼想著，「好，就叫這裡『冰晶』了！」她背上大背包，和榮文離開冰晶山屋，準備進卡丁博格城。

・・・

琳瑯滿目的街道，掛滿各種顏色的宣傳旗幟，人潮來來又去去，不是旅館、餐廳，就是禮品店。

鳳翎看傻了，卡丁博格城超乎她想像的繁華，整座城充斥著購物狂歡的氣息。正逢週六下午，榮文拉著鳳翎走入洶湧人潮，兩個鄉巴佬望著大千世界，到處是消費的可能，買，就是買，每間店發散著一樣的訊息，購物能創造更多美好人生。

從山裡出來，原為休息和補給，高度觀光化的卡丁博格城卻唬得兩人一愣一愣，遊人如織，他們沿街搜尋有沒有便宜的拖鞋——榮文腳上那雙驛站自製的拖鞋，差不多要壞了，無奈這裡的商品單價普遍都高，鳳翎逛到後來，有些眩暈。

她感到混亂，非關現場，而是自然與文明的落差。事實上她對這樣的購物街並不陌生，遙遠東島也有這樣的地方（而且很多），只是她現在難以適應，沒能順暢**切換**。不知所措外，鳳翎也留意到自己和榮文在這裡顯得格格不入，瞧瞧榮文腳上那雙令人費解的鞋——山裡堪稱手工創意拖鞋，進了城卻只顯滑稽。加上油膩膩多日未洗的頭、一身髒舊的外衫、泛白破洞的長褲，有一刻鳳翎偷偷將榮文從頭看到腳，噗哧笑了出來。

儘管不甚適應，但他們如此這般存在，真是太有意思！

榮文倒頗為自得，他邊走邊看很是開心，許久沒這樣逛街，到處都是好吃好住的，暫離山中極簡的生存模式，出來透透氣真快活。他只煩惱找不到一雙合適的拖鞋，但求輕量簡便，這裡的鞋子卻十分講究造型和品牌，重點是：貴。

沒找到喜歡的拖鞋，他買了冰淇淋和汽水。

啊，巧克力冰淇淋入肚的冰涼真久違了啊！某商店內他看到一件孩子穿的T恤，上頭印著熊（鼎鼎大名「那種」動物），充滿冒險想像，與鳳翎商討要不要買回東方島嶼送給鄰居的孩子？他願意背，沒問題。

鳳翎對購物卻有障礙，她站在商品前躊躇許久做不出決定，這是在山徑上走路無須思考的事情，她意識到她得切換，但她尚未適應就被淹沒。

榮文沒買到拖鞋，倒買下要送孩子的衣服，見鳳翎失魂落魄，只是靜觀。他想，鳳翎似乎需要更多時間。

回徒步者旅店，取房卡時，櫃檯和藹的老先生與他們分享，鄰近有家物超所值的早餐店，隨意吃到飽喔！他想他們會喜歡的。鳳翎充耳未聞，榮文卻開始期待，這正中他的下懷，那就這一家吧，靜候隔日早晨到來。

一直到回房內洗過澡，坐在桌前寫著給友人的明信片，鳳翎才在寫字的過程中慢慢回神。一切來得太突然，這反覆出入山徑、城鎮與驛站的旅程還遠長，她需要一再練習進出，才能取得平衡。但她同時也困惑，怎麼榮文完全沒有這方面的困擾呢？孤僻的他看來頗為享受這大城的喧鬧。

隔日清晨，兩人很早就醒了，和山裡的作息一樣。走在寧靜的石板街上，晨光穿過公園的路樹灑下，鳳翎瞥眼看到一隻松鼠溜煙竄進了車底，露出一截銀灰色蓬鬆的尾巴，那截銀灰色蓬鬆的尾巴真美，瞬間提醒她城市裡也有自然存在。

走往早餐店的人行步道上，她彎腰拾起人行道上一顆生了白毛的栗子殼，栗子不知被誰吃了；抬頭，藍天裡萬千變幻的雲朵正在緩移，它們飄移的樣子就是風動的痕跡。

城市不是沒有自然，鳳翎重整對卡丁博格城的印象。她想起馬路上有禮的駕駛人、熱情招呼的收銀員、周到接待的服務生，也許是她太擁戴自然了，不自覺對資本主義的城市文明心生抗拒，或許人與自然的關係不曾斷裂，若感覺斷裂，是自己**選擇切斷**聯繫。

走進期盼已久的早餐店，哇！一整個長桌的西式自助餐點好吸引人。別說榮文，鳳翎也盯著兩眼發直，他們太久沒吃到這些東西了：雞蛋、培根、格子鬆餅、法國吐司、烤馬鈴薯、水果沙拉……

榮文眼睛閃現亮光，有肉！是烤豬腳以及切半的大火腿！鳳翎看著一盤盤七彩的水果驚嘆，好久不見新鮮的草莓，還有芒果、香瓜和葡萄，喔，一旁放著堅果和鮮奶油自由搭配，這要人如何抵擋得住？

兩人在窗邊座位與自助式中島來回多次，像要把山裡沒能吃到的新鮮通通補足一般。其實山裡也沒餓著，但在這裡，自然湧升一股欲望驅動，那是動物性的，讓人吃了又吃、拼命地吃、吃飽還想再吃。

鳳翎想起小時候看的一部卡通，她感覺自己和榮文被施了魔法變成豬，面對山珍海味，無法遏止地拿取。

肚子很不舒服，整個人渾沌又遲鈍。奇怪的是，就算飽了，還是想把那些平時不容易吃到的鮮果嫩肉，多裝一些到肚子裡，就像囤貨。咦，先前難道有壓抑嗎？

第二天早晨，兩人再走一樣的路徑到早餐店報到，謹記前車之鑑，鳳翎和榮文學乖了，這回慢慢吃。可是**無效**，面對滿桌難能可貴的誘惑，這無上限供應的美食饗宴，一想到未來幾日便沒有這光景，即使理智上知道夠了就好，還是不想停下來。

他們沒能成功控制，太好吃了，以後就沒得吃了，鮮奶油、藍莓、冰淇淋、鬆餅、煙燻培根……吃到最後，身體開始難受，鳳翎脹氣嚴重直至過午，腦滿腸肥的午後，身體頹懶什麼也不想做。

欲望奔馳，要怎麼不沉淪？鳳翎想也想不到，大城市裡，她為此無比困擾。榮文則不如鳳翎多慮，卡丁博格能滿足人對物質的各種需求，其高單價不過出於觀光操作，看看就好。飽食終日、無所事事，也是旅行的一部分，況且，他終於買到適合的拖鞋了！

鳳翎為榮文與她截然不同的反應感到不安，惶恐於他們的差異，當她一心想回到山裡，榮文卻開始想像前方未知的城鎮（積極了解下一次的補給在哪）；當鳳翎在購物街上感到眼花撩亂，榮文卻神采奕奕，儘管荷包失血讓他心疼，依舊期待城裡的每一餐。

他們兩人，真的能一起走完這全部的旅程？

浴室熱水氤氳之時，鳳翎在蒸騰的水氣中，想念山裡的單純——這是第二個卡丁博格的夜，熱水澡曾是她極渴望的，然而第一晚淋浴的舒爽讓她喟嘆完，到了第二日的現在，不知為何覺得多餘？她的身體感官發生了什麼事？上回到驛站也是待兩晚，卻完全不一樣。卡丁博格關乎物欲的訊息太多，鳳翎深受影響，為此感到疲倦。她很快感到厭惡，這厭惡令她辛苦。

淋浴對她來說是靠近自然狀態的時刻，水的滌洗有助於她思考。不得不承認「夠了就好」這件事根本上違反人性，它需要圓融的智慧和成熟的心態去自律，在山裡並非沒有物欲，撿柴時、吃行進糧時、蒐集美麗的落葉時……都想著愈多愈好，又何況是出來住宿洗澡添購補給呢？不一樣的環境氛圍，會影響人改變價值。

僅僅在卡丁博格城待上兩天，就疲軟無力，鳳翎想到要再度入山，突然覺得無力且遙遠；但在驛站度過兩日，繼續上路卻毫不費力。是不是高度商業化的城市真的有豢養人的魔力呢？它亮出各種欲求的解方，誘使人自廢武功。

鳳翎發現她的不耐，莫名煩躁。這種心理上的拒斥和腹部脹氣一樣不舒服，她以自己為例，正近距離觀察世界上最複雜的生物：人。

她為此震盪難堪，而且無法與榮文分享，榮文似乎沒太多矛盾，她也不知道怎麼說，覺察自己的失語，體內有一片孤獨的荒漠，無盡蒼茫。

這是卡丁博格城給鳳翎的考驗：分裂。

⋯

鳳翎小時候，是不習慣大自然的孩子，她很乖，父親因上班常不在家，母親在家也忙於毛線編織的工作，父母親努力賺錢補充各種物資，衣食無缺的小公寓裡，鳳翎擁有的自然，是陽台鐵窗外那一片天空。

榮文小時候，就是喜歡自然的孩子，他很乖，孝順老實的父母親常帶他回南部鄉下探望祖輩，他會在羊圈雞圈周圍打轉、在灶間陪伯母生火、田邊看伯父牽牛耕作。家中省吃儉用，沒有玩具、甚少外食。

長大以後，鳳翎嚮往自然，刻意鍛鍊自己的戶外生存技能，笨手如她不擅長，但她努力練習，始終覺得自己不夠。在一所登山學校中，認識榮文，榮文陪她練習相關技能，他們相戀、許諾，背著大背包一起旅行，山成為共通的語言。

而今，鳳翎才赫然意識到，原來榮文對物質世界的嚮往，並不亞於她對自然野地的嚮往。以至於他們從山中走出來時，雙雙現出了原型。

・・・

他們從卡丁博格城回到冰晶山屋。

入夜時分，兩隻鹿晃悠來到草地上，牠們吃草的樣子旁若無人。天色逐漸昏暗，鳳翎看牠們一大一小的身影緩緩沉入了夜色。她沒法再追著鹿仔呆萌的眼睛與身上的斑點，然而潔白的屁股和四肢仍可隱約辨識，仔細聆聽，就能覺察牠們的動靜。

他們回來了，而牠們也是！

黑夜是輕薄柔軟的棉紗，能平撫紊亂的心，收攏白日的張揚與高調，告知看不見卻實際存在的力量。沒有開頭燈，榮文和鳳翎靜靜站在冰晶山屋的平台旁，母鹿發現他們時，疑惑地盯著他倆片刻，如此之近，在那片刻的對望中，鳳翎屏住鼻息，他們身上還帶有城市的氣味，會不會令母鹿疏遠？但母鹿沒有，空氣中嗅聞了幾下，似乎識得他們？隨後便低頭吃草。

鳳翎暗自感謝，母鹿沒有就此離開，她唯恐被自然遺忘，當身體沉重頹軟、靈魂斑駁模糊，這拼湊碎裂自我的暗夜有其辛苦。

像稍早初抵達時，那藏納了焦黑物事的壁爐。榮文發現時，眼神暗沉，這兩天不知有誰來，「冰晶」的環境與離開時大不相同，壁爐裡滿是燒過的焦黑垃圾。

鳳翎還有力氣捲袖清理，因為她記得曾來訪的母子鹿，及因為兩日卡丁博格城的龐雜洗禮，像清楚生而為人的複雜，這諸多經驗堆疊，使得清整壁爐成為她的暖身儀式。

灰燼與殘渣不是哪個誰造成的，而是集體陰影的碎片。鳳翎清得灰頭土臉，卻不生氣、不覺得衝突，一邊清整、一邊靠近混亂矛盾的自己，壁爐整理乾淨，就能有光、取暖、煮飯，還能相互依偎，烘烤冰涼的腳心。

榮文添柴，低喃回老家後，也要造一個壁爐。

鹿走了，霧來了，白色的霧在黑夜裡顯得有些迷濛。鳳翎在火光中，恍惚憶起東島有個地方，就名為「霧鹿」。

這算不算想家？

為什麼不提早紮營

你以為婆說婆有理，對方不支持就是不愛了，

你繼續趾高氣昂下去吧！

殊不知有一天，命運要你不得不低頭。

伴侶同行看似浪漫無比，然而多數時刻，單一關係的經營卻實在需要耐心。

鳳翎特別珍惜這趟旅程，只因平時在東島，即使和榮文同住一個屋簷下，然而各忙各的，直到夜裡爬上同一張床，有時聊沒幾句就睡著了。

在這裡不一樣，因為除了走路、吃飯、紮營和睡覺，就沒別的要做了。他們於是擁有大量的時間相處與對話，儘管多數時候是鳳翎分享，但夠輕鬆時，榮文會回應。這對他們彼此來說，至關重要。

「**愛**」是變幻莫測的東西，戒指或花環都只是一時的。細究愛本身，若沒有持續交流理解，難以追蹤流變，有時是對方變了，有時是自己變了，愛不可信仰，只能經營。

然而兩人的差異卻那麼大。鳳翎擁有高敏感知覺、隨心所欲、重視自然環境；榮文則腳踏實地、按部就班、關注營地實務和里程進度。這天天氣晴朗，一早才出發十五分鐘，就遇有開闊景致的山頂，鳳翎坐下看望對面群山，用吃掉一條花生巧克力棒的時光品嘗陽光的安靜，嘆了一口氣，說：「幸福其實很簡單。」

站在後頭的榮文卻低低回應了：「要走到這裡並不簡單哪。」

鳳翎轉頭，看著榮文笑了，她躺下看著藍天與晨風中搖擺的樹，遠方有雲海陪伴。

她喜歡這裡，知道不遠處的林子裡即有營地，難得遇到好天氣好地點，她想像在林子裡呆坐、漫走和寫字一天，多好。

和榮文提議不如提早紮營，榮文卻否決了。

才開走十五分鐘欸……榮文自己都還沒暖到身，鳳翎就想紮營？他沒法自在應對鳳翎各式跳脫計畫的突發奇想，這麼早紮營，一整天要做什麼？明天是不是要為此多趕路？

鳳翎自知突然，多解釋幾句仍無法達成共識，她了解榮文的性子，只好按捺衝動，背包上肩繼續往前。她有不滿，但沒有說。山徑途中，樹林間閃爍變幻的光線與流動萬千的顏色移轉了鳳翎的注意力，秋日的森林真美！她錯過的遺憾被自然撫慰了，卻耿耿於懷於榮文不能理解她的需求，而將其解讀為任性。

有一種旅程是這樣子的：風光明媚鳥語草香、地勢路況恰如其分、氣溫宜人，就是人不和。人若不和，任何天時地利皆枉然。即使鳳翎為樹林間萬花筒般的光芒讚嘆，秋日轉色的葉子充滿各種調皮與創意，她仍無法否認內心並不平靜，這使得她難以盡情享受自然之美，憶及過往榮文一逕沉默的固執，她知道自己的妥協並沒有被看見，愈想愈不平。

一路兩人皆各走各的，沒有說話。在抵達預定目的地的山屋前一英里處，是一片寬敞的林子，正是個平坦的營地，鳳翎躺在林間落葉堆之中，望著上方搖曳生姿灑落點點金光的樹林，葉子懂得飄落，但她放不下，也許一路都在壓抑，讓鳳翎野營搭帳的渴望變得強烈，又或她真希望榮文能讀懂她的需求。

在榮文如廁歸來後，鳳翎問榮文，這個營地和下一個山屋，他要住哪裡？榮文選擇後者，這令鳳翎更不悅，榮文忙解釋這裡取水較遠不太方便……鳳翎才發現，事實上住哪裡或許沒那麼重要了，她難過的是，她親愛的旅伴未曾將她一整日的期盼置入考量。

鳳翎心灰意冷，她沒有跟榮文大吵，不想兩人浪費精力在這上面，氣氛已經僵了，以榮文封閉的性格，吵開來不會更好。只是她堅持要住營地的選擇顯得不明智，委屈配合也沒被珍惜。

鳳翎愈想愈氣，繼續行走，一團烏黑堵塞在胸口，兩人相隔的那段距離像一個動態的巨大凍結體，待終於走到計畫中的山屋時，一股濃稠墨黑的情緒籠罩著兩人，冰冷且鋒利。

本有另一位年輕男子坐在山屋內休息，因鳳翎和榮文的到來，弔詭森冷的氣氛讓他自覺不妙，默默退場。

吵、架、了。

不，他們沒有吵，只是冷戰。冷戰何其嚴酷。

事實上，預定目的地的山屋條件極好，寬敞明亮，森林環繞，前方還有大片腹地可以使用。

這山屋條件愈好，鳳翎就愈不服氣，即使先前榮文曾開口提及再繼續往下走半英里即可到一個防火塔，那裡有三百六十度好展望，也可紮營。但來不及了，鳳翎不想再走了，說什麼都已經無效，不過是想要一個可以好好發呆、生活與寫字的營地，不行嗎？

這個盼望始終沒受到尊重，鳳翎開始鑽牛角尖，她發現都是她的問題，她跟自己過不去，也跟榮文過不去，即使今日有好處所可以歇腳，心情還是糟透了。

榮文拿鳳翎沒辦法，午後的森林微風有光，楓葉都紅了，兩人世界卻無比冷淡，他們各做各的事，榮文去取水、鳳翎曬外帳；榮文煮熱茶、鳳翎洗手帕；榮文去撿柴、鳳翎蒐集乾葉折細枝，即使互不搭理，默契仍在。

那些難以言說的，就用實務的營地工作去沉澱去釋出，如此勞動好一段時間，鳳翎一個抬頭，榮文站在對面，他略微生澀地張開雙手，顯得有些笨拙——這是一個驚人的改變，若不了解榮文，不會知道這樣的身體語言對他來說有多罕見。

鳳翎呆了呆，一股柔軟自心底湧生，鬆動了她。她考慮別過眼不視，但她沒有，攜手相偕走到這麼遠，他們只有彼此，一直僵下去好煩好累。

鳳翎臭著一張臉，身體僵硬地走上前，沒有張開雙手，但她將身體的重量交給榮文，頹倒在他身上——兩個人終究是，擁抱了。

擁抱的幾秒鐘，鳳翎感覺身上有個枷鎖「喀啦」一聲打開了。才知用一整天的時間來對抗對方，是對彼此都殘酷的刑罰。她抬頭，夕照的金光斜斜散射，穿過森林映照在他們身上，四處滿布金幣也似的希望。

擁抱過後，鳳翎發現自己瞬間輕盈許多（該要早點抱的），像多了一雙新的眼睛重新看望周遭。

黃昏將至，橙金色的陽光讓山楓更紅、紅楓更豔，一陣大風吹過，楓葉片片如雨下，若非身歷其境，鳳翎真會以為這是什麼浪漫的電影場景！就那一眼，專心跟隨一片落葉翩翩飄落，細看那片葉子飛翔的姿勢，身體跟著放鬆、跟著飄遊，與自然交流的祕密，就在這個當下。

何其有幸，置身其中，被風神與森林看顧。

可若不是，若不是願與榮文和解，鳳翎可能還被凍結在自己打造的僵局中。對抗了一整天已精疲力盡，儘管備好理好了柴，鳳翎卻找不到力氣生火了。她只想在落日餘暉中寫字、塗鴉、補綴頭巾。

說也奇怪，此刻榮文從那頭走來，手上握著一個火柴盒，蹲到柴堆旁，他決定生火的樣子，令鳳翎的臉閃現一抹溫柔。

放過自己與他人，原來是這麼一回事。否則，風光再美也與你無關。

親愛的小火苗，好久不見。這個秋天的顏色好精彩，自嫩青、深綠、淺黃、正紅、到深褐……天地間充滿交替的力量，他們所屬的東島位於星球的亞熱帶，沒這麼明晰廣深的秋意。

風又起，整座森林說好齊齊葉落，天空颯颯作響，多少紅葉這樣罷手了枝條，落地成塵，神祕堆疊著什麼訊息，鳳翎環顧四面若雪的紛飛，萬紫千紅間只覺一股深刻的幽靜撲面而來，就這樣被天地折服。承認自己的粗淺愚痴，而只能默默行住坐臥，汲取信息。

他們並非前來取經，經卷卻隨風朝他們飛來。無聲無息、無影無蹤。也就是這樣的魔幻時刻，能協助鳳翎看清楚多一點，關於她的記憶、位置、身分及對名字的釐清。這才發現這山屋有多麼得天獨厚的地理條件，除了明亮寬敞、開闊的森林外，其水泉之豐沛純淨，也前所未見。

・・・

「碰！」一聲巨響，響徹四方，嚇到了鳳翎。

這什麼？槍聲嗎？榮文轉身，望向聲音來源處，那是山屋上空。這聲響如當頭棒喝，瞬間讓鳳翎從如夢似幻的境界中回到現實，就像東島經典功夫電影正出神入化之時，突然間殺出了像小丑一樣的鬼臉。

「碰碰碰！」連三響，簡直莫名其妙，鳳翎蹙眉，轉身與榮文面朝同一個方向。

「是栗子！」榮文莞薾，快速抓到兇手。

「什麼？」鳳翎一下沒能會意過來。

「栗子掉到屋頂上。」榮文悶哼，彷彿在笑。

鳳翎這才恍然大悟，山屋旁有株老栗樹，幾陣風之下，把栗果吹落，掉在碩大堅固的屋頂上，才發出砰然巨響。

像小丑般惡作劇，大自然真是太幽默。鳳翎開始懂得輕鬆看待，這一切看似詭譎實則簡明的探掘過程，高潮迭起。

晚餐簡單，是奶油義大利麵快煮包，路走多了，兩人食量日益增大，這天榮文多下一塊乾燥泡麵，像要慶祝和解似的。結果還不夠吃！

探探背包，再下些許麥片，最後鳳翎連喜瑞兒都拿出來了，默默發現精神的耗損會帶來超乎尋常的飢餓。好在還有薑汁山粉圓的點心，山粉圓是東島特有的食材，在這裡珍稀無比，暖暖的宵夜下肚，鳳翎才感到飽足。

火光豔豔，在暗沉夜色下鮮紅地顫動，榮文主動坐到鳳翎身後，為她按摩。鳳翎闔上手上的本子，放下記事的筆，抬頭看到森林上空的星子，在宇宙看不見的深處閃爍顫動，低頭，前有火光，火心豔紅，一閃一閃如體內跳動的心臟，那是生命的起源、森林的祕密：**地上也有星星**。

天上有星星，地上也有星星。鳳翎想起今日稍早走路時行經的山徑，中間有一段兩側為矮灌木叢，夾道相迎，它們的枝椏把山徑圍得如拱門一般，深長恰如隧道。走在其間，像被輕輕托起，兩側是深深的翠，翠到盡處，便成墨綠的黑。

所以地上斑斕的陽光點點成為指引，閃閃發亮而且涼爽，耐人尋味，那指引和現在周遭飄散的火星、柴堆中的炭心，多麼相似，地上也有星星——只有願意走入深沉暗影，無論是有形地貌又或無形的情緒，才能看見。

「星星」只是其名，你聽過這名字，輕而易舉說出，卻不代表你真的知道。星星的樣貌，包含無邊無際的宇宙。**名字的真相，深不可測**。

而鳳翎便是如此，慢慢摸索，認識各種名字的：認識「星星」、認識「愛」、認識「秋天」、認識「森林」……包含自己的名字，在每日每夜的經過中，採集、辨識、與重新照見，開展每一個**名字**更多的可能性，並被滋養。

是夜，暴風雨來襲，雷聲隆隆、大雨傾盆，夜半鳳翎睜開眼，底心驚詫不已，這狂風暴雨是怎麼回事？

她驀地明白為何她自始至終就是沒法成功選擇哪個營地，榮文要依了她，不論待哪個營地都將淒慘落魄。空氣異常冰冷，第一次她將睡袋拉束起來，封罩成為蛹，一個警醒的蛹。沒什麼生命擋得住這天旋地轉的癲狂。

黎明時分，風雨漸歇，鳳翎難得率先起床，鑽出睡袋，瑟縮著身子準備早餐。風大到她只得將爐具帶到床邊炊煮，有山屋真好！她想為榮文煮早餐，一杯溫暖的熱可可、一碗黑糖麥片粥，獨醒煮食的時光像短暫的僻靜，顧著爐火，看黯沉天色如何自灰暗轉而為明，如同自己。

榮文起床了，他很開心，吃得津津有味。

兩人結伴去廁所，一路上滿滿都是新葉，地上、石頭上、水窪上、屋頂上……天地才剛洗牌完畢，放眼所見之處，滿是離散落葉，歷經劫數，仍在癱軟。凌亂飛散、發狂嘶吼之後，死亡與新生遍布。

山屋內，他們安安靜靜地打包。上路時，陽光就出來了。

傳說中「那種」動物

原來，牠在那裡。

自那之後，鳳翎便時常看見地上的星星，即使萬里無雲光天化日，也能覓尋到陽光灑落在林蔭下的星星。星星無須撿拾，發現即可，她因此享受走路，為此歡欣鼓舞。

只是走著，只是欣賞，萬分珍惜這樣的好日子，她知道好日子不會久長，如同壞日子也一樣不會持久，而她喜歡這樣好壞參半的日子，喜歡一邊走、一邊想這些有的沒的，看地上流光碎影如星點漫爍，抬頭，滿天是黃綠交錯的葉子。

她望著上空葉落，一會兒又俯瞰地上的星星，慢慢領會某些書上沒有的道理，大自然是一所學校。

「老鷹！」榮文低喊了一聲。

鳳翎倏忽抬頭，「在哪裡？」

茫茫森林上空，陽光與葉隙間什麼也沒有。

「妳沒看見？牠剛剛飛很低欸！」榮文用不可思議的口吻說，彷彿低空滑翔的老鷹有多麼精彩。

「很大隻嗎？」鳳翎不停張望四周，帶點懊惱。又沒看到！榮文的火眼金睛常發現林間稍閃即逝的動物身影，她卻老是錯過。

「很大隻！從那裡飛來，比樹還低。」榮文用手指出方向。

鳳翎順著方向看過去，而今空空如也。只能從榮文略為激動的口吻中感受到難得，這趟旅行，他不是第一次看到老鷹了。

「你就是能看到耶……好兆頭！」鳳翎也習慣了，雖沒親眼看見，但好在有榮文，他是她在山裡的眼睛，如果沒有榮文，她所知的森林會失色許多。

「哪有？那是因為妳在這裡。」榮文說。

鳳翎失笑，又來了，榮文就是這樣，不管發生什麼有趣的精彩的事，每當她驚嘆於他的重要性，榮文就會把好運通通推回來。

榮文的說法差不多都一樣：因為鳳翎在他才遇到史奇伯、因為有鳳翎他才能撿到羽毛、是因為鳳翎老鷹才來的……鳳翎真搞不懂，擁有獵人之眼的榮文怎麼會不相信自己值得這樣的經驗呢？又或，他們在彼此填補些什麼？

老鷹來了，剛剛在他們面前飛得這麼低，牠在捕食嗎？今天有什麼要事即將發生？

・・・

走啊走、走啊走，走著走著，走啊走。百無聊賴，也是走；胡思亂想，也是走；東張西望，也是走；麻木不仁，也是走。

「熊！」榮文低喊一聲，在鳳翎還來不及反應的時刻，他已從後方越過鳳翎向前疾行。

鳳翎一愣一愣的，剛剛前面是不是有團模糊的黑影在移動？但現在沒了？

榮文衝了約莫十來步的距離，只見他望向山坡下方處，出神。

「哪裡？哪裡？」鳳翎跟到榮文身後，看向同樣的方向，除了靜寂的灌木林，什麼也沒有。

「一出聲牠就跑走了。」榮文喃喃，黑熊比預期的膽小。

站在榮文身後的鳳翎，突然覺得一切也太古怪了，她有些驚恐、也有點好笑，只因此刻她在榮文的身上完全感受不到害怕，只有滿滿的好奇與渴望。

奇怪，不是一直很擔心嗎？

傳說中那種動物——熊，一直都沒出現。因其存在的風險，往來旅人們會交換訊息，多數人卻以看到為榮，以至於走到後來，沒看到彷彿非常可惜似的，卻又揮別不去遇到熊怎麼辦的各種憂心忡忡，就在這矛盾的心情中，日復一日地走著。

恐懼本來很大，但隨著時間的延展、路途的遠長，發現自己怎麼都沒遇到，竟也偷偷升起了相遇的盼望，就像看到老鷹那樣的驚喜。

恐懼只是表面，底下原來是碰觸未知的想望。

一則不少旅人告訴他們無須過度擔心，保持警覺即可；二則曾遇過熊的人與他們分享相遇經驗時的神情，不知為何都閃閃發亮，這有效降低榮文和鳳翎對可能遇見熊的戒慎恐懼，但鳳翎從未想過，一向冷靜的榮文看到熊會喊出聲，可見榮文有多期待。

「你又看到了欸。」鳳翎用手肘撞了一下榮文。

「才一下子。」榮文不以為然。

他卸下大背包，掏出相機掛在脖子上。隨後手握著相機鏡頭，背著大背包大步往前，一副「我準備好了」的姿態走去，鳳翎見了，不明所以。他根本比誰都想看到吧！

但怎麼可能？傳說中「那種」動物，不是說遇到就能遇到，遇到了還充滿風險，那到底想不想遇到？

一前一後走了段不長不短的時間，兩人停在一個轉角處喝水，迎面走來一對父子，爸爸停下來，向榮文探問他們來時路的水源是否穩定？鳳翎本來不甚在意，直到她發現那位爸爸開始比手畫腳，神情比方才更生動誇大，湊上去聽才得知，這對父子自反方向走來，提醒榮文約莫再轉兩個彎，一定要注意，有隻熊就在山徑旁，不知道為什麼始終在那逗留，若榮文和鳳翎現在走過去，應該會遇到那隻熊，請他們留心。

「走，去看熊！」榮文拿起相機，躍躍欲試，神采奕奕。

鳳翎半信半疑，那位爸爸在說笑吧！熊會逗留在充滿人跡的山徑旁？可鳳翎也不是不想看到，她只是不相信。亦步亦趨，感受到前方榮文奇異澎湃的熱情，驀然想起，榮文小時候最喜歡去的地方就是動物園了，連熱戀期都邀她去動物園約會的榮文，該會有多在乎。

過一個彎、過兩個彎，一段平凡無奇的山徑，走得如此戰戰兢兢，路不知為何懸浮在半空中，像走在彩虹之上、又像踩在浪花上漂游，既期待又怕受傷害。鳳翎愈走愈慢，愈走愈小心。前方是……天啊，那是什麼畫面？

鳳翎停步，不再向前。真的是熊！因為榮文就在她前方十步之內，正安靜地舉著相機，捕捉斜前方不遠處低頭啃食的黑熊。

第一次，這麼近距離觀察黑熊，鳳翎屏住呼吸，她的雙眼直直盯著熊，那隻熊很穩定，甚至可說是老神在在，牠早知有人的靠近，卻連抬頭瞧一眼也不想。怎麼會這樣？這哪門子的熊？跟傳說中「那種」動物的形象也差太多。

如此景仰敬畏的傳說，卻被偶遇的**真實**弄掉了下巴。

若不是先驚鴻一瞥看到一隻熊，他們不會變得沉著；若不是先有那位爸爸的預告，他們不會有心理準備……怎麼會……這麼湊巧？真的見面了，鳳翎才發現，那曾深似海的憂懼而今毫無影蹤，取而代之的，是靠近夢想的不可思議……

等等，夢想？看到熊是夢想嗎？

榮文站在那裡，靜靜看著，似乎很滿足。鳳翎悄悄上前，走到榮文身側，才發現榮文不是在拍照，他把相機當望遠鏡，對焦在熊身上並拉近鏡頭，這台相機不只有小觀景窗，還附有液晶螢幕，所以鏡頭拉近後，能從小小的液晶螢幕上看到熊的細部動作。

鳳翎看到了熊短短的腿、圓絨絨的黑屁股在動、用尖尖的鼻子嗅聞、牠走路的姿態真有意思。那曾在腦海中想像拍打胸部吼叫、會撕咬與吃人的對象近在眼前，彼此相距五米不到，但熊只是不理不睬，逕自找吃的，與其說溫吞從容，不如說根本不把他們當一回事。

最害怕的對象，給了他們最驚奇的野生觀察經驗。

鳳翎這才想起小時候看過的卡通中，熊圓胖而可愛的臉。她長大了，已經知道這種動物並不可愛，**可愛是人類想像出來的**。但她也從經歷中，意識到這種動物並不如傳說中可怖，**可怖也是人類想像出來的**。真實不只有相遇的對象，還有見證的自己。

認知正在變化，鳳翎發現自己好想靠得更近一點，如果可以再近一點……瞬間想起童年去動物園趴在**欄**杆上看動物的自己，她不像榮文這類型的孩子那麼痴迷，她小時候覺得動物都很臭，但仍喜歡認識這些跟她一樣會玩、會吃飯、會睡覺的生命，世界好大，無奇不有。她多久沒想起那樣純粹的好奇了？而今靠近，不只是好奇，更多是為了靠近**那曾被無邊恐懼綁架的自己**。

這隻熊，很有個性。

這樣一直看下去也不是辦法，鳳翎用手勢示意榮文，詢問該直接經過牠嗎？她不確定過道是否安全，畢竟牠的位置在山徑旁不遠的植被中，她懷疑走過去可能會對熊產生威脅。

榮文遲疑了，他站在原地，繼續觀察。但鳳翎其實根本不想走過去，除了有風險，也是若成功走過去等於跟熊告別了。這是什麼樣的心情？必須走過去、又捨不得走過去、又想靠近、又不能靠近……

兩人還在觀察，一時間拿不定主意，卻不知為何，就在此時，那隻熊轉過身子，看向另一側的山坡地，搖著牠毛絨絨的黑屁股，一擺一擺越過山徑，橫向往對邊的山坡下行了。榮文和鳳翎眼睜睜地，這麼看著黑熊離開視線，往邊坡爬去，直至整個身軀沒入森林。

・・・

「牠知道我們要路過嗎？」鳳翎不由得轉頭問榮文。榮文聳聳肩，沒有說話，他眼中的神采和方才的興奮不同，沉穩多了。

鳳翎率先走過，榮文跟在後頭。走沒幾步，鳳翎又轉身：「你覺得牠還會再回來嗎？」她不自覺惦念著那隻黑熊，謝謝牠，希望牠過得好。

「會吧！」榮文說。他轉頭，看向來時路。

鳳翎也轉身，看向那**破除傳說**的所在。真心覺得他們是被老天眷顧的孩子，並非所有熊都這麼穩定，牠神祕的存在因帶有高風險而成為口耳相傳的動物，卻遇到一隻如僧一般的熊，這不是夢，早上低空飛翔的老鷹，是來帶訊的吧。

榮文完全沒想到老鷹，他想著熊，對他而言這都是機率的問題，跟抽獎一樣。

「終於看到了，可以回家了。」他嘆了一口氣。

鳳翎笑了，至少，可以告別那無邊無際的恐懼和盼望了。

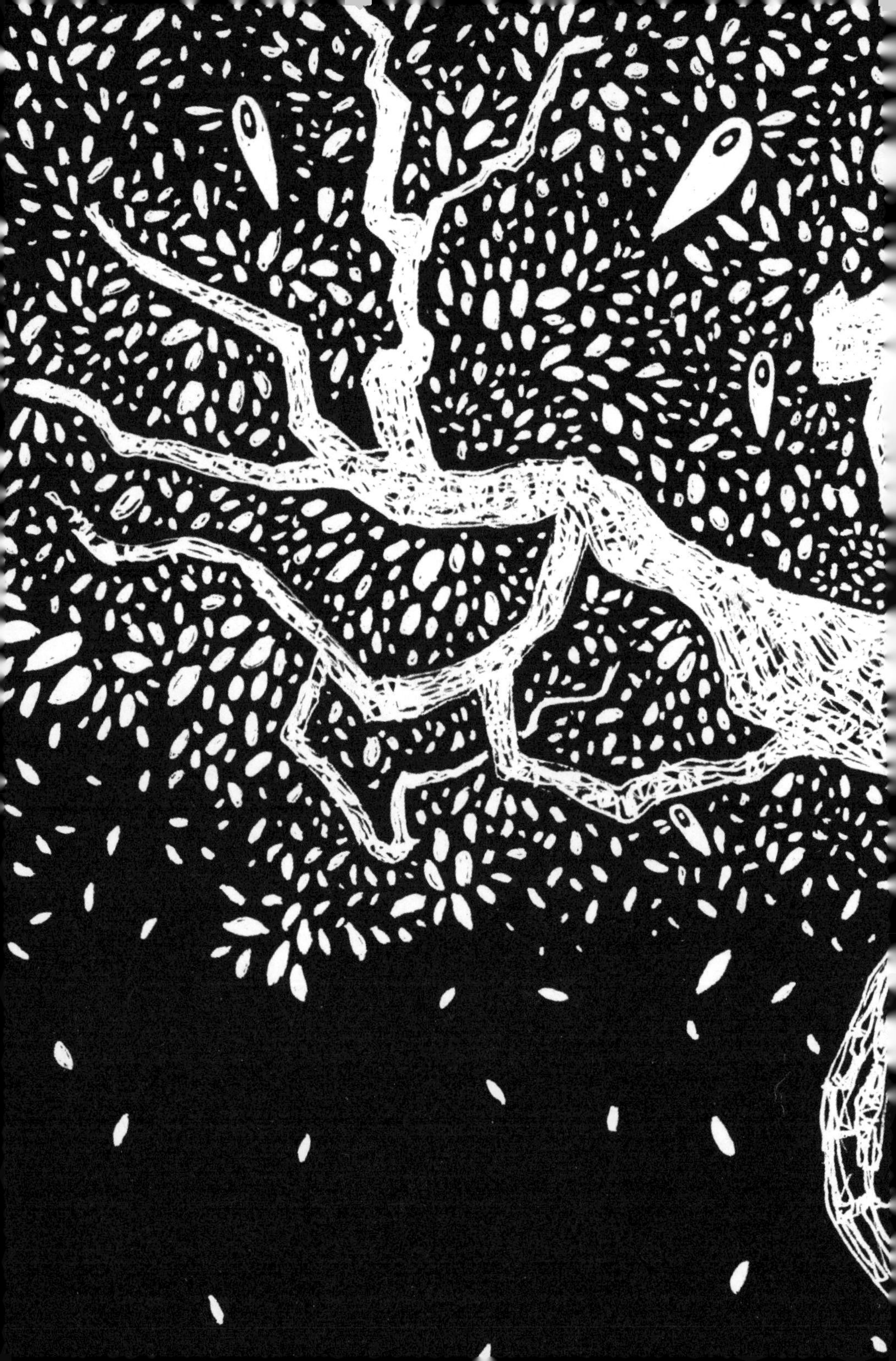

山中無事千年

大人需要放空，需要無責任無義務無任何目的地遊走——

我們啊，就是太仰賴工作證明自己的價值了。

山徑兩側盡是寬敞的森林，榮文蹲下，發現地上有許多木頭削片，像動物在玩、在扒這森林倒下的樹幹似的，搜索周邊，榮文找到幾個小爪痕，喃喃：「這是誰？」才發現走了這麼久，他們移動的場域都在山徑上，鮮少真正走入森林。

第一次偏離山徑，到林子裡走動。鳳翎愛極，漫遊起來，著迷於觀察細小生命的各種變化與美；榮文則藉發現痕跡，推敲過去發生的事件。

「我要尿尿！」只見鳳翎舉手宣布，她跟榮文說不如分開行動，回頭山徑見，轉身便沒入更深的林子。

如廁蹲下，一種讓人回歸到動物本能的姿勢，一種提醒。它令你守在角落專注於身體的解放，那一刻安靜、孤獨、全然與自己在一起，有時在結束後起身，會出現與如廁前不同的狀態。

鳳翎就是這樣，起身時，她才看見前方一株大杉木。一樹金黃惹人注目不說，其樹幹不若一般樹木筆直向上生長的原則，它歪七扭八、張揚恣意，連根也不好好沒入土壤，而如人腳一般站立，莫名怪異，也充滿吸引力。

鳳翎站在那裡看著，感受它的狂野，如此脫序不按常理的成長之道，卻擁有一頭耀眼的金黃樹冠，那麼獨特、那麼絢爛。她被這樣的野性鼓舞，自然而然，歌聲自腹腔自喉間竄出，是遙遠東島高山民族的傳統古調。鳳翎不知怎麼突然想唱，只知愈唱愈舒暢，歌聲在這片杉林中傳響。

吟唱是一種古老而原始的表達，無須用腦，只是不假思索地傳達自然的振動，當人與環境建立連結，歌能打造靈魂與現場溝通的橋梁。

原本源之有道的傳統古調，到後來變成即興吟唱，間雜呢喃，幾個簡單的旋律反覆反覆，鳳翎從不細究自己在唱什麼，有時她會亂語，不使用正常語言是因為不需要思考，只需要聲音，正因有難以言述的讚頌與愛、痛苦與悲傷存在，所以人類有歌。心若如花開，嗓子也敞開，那麼就能把那些難以言述的情感，化作旋律，飄散於天地。

偶爾，在獨處的時刻，鳳翎會以歌聲表達自己，像對森林自我介紹，也跟森林打招呼示意。歌聲裡藏有靈魂的碎片，她會在這樣的片刻中，重新聽見自己，也重新看望眼前這一片森林。

可以這樣無所罣礙地唱著真好！鳳翎很開心，她從這頭信步唱到那頭、又從那頭信步唱到這頭。

森林中許多布滿苔蘚的杉木倒下，這些樹幹橫七豎八躺在地上，還站著的小杉木葉子不多，卻都活著，鳳翎起了調皮的玩性，好奇地搖了搖其中一棵小樹，落下一些水珠和細小黃葉。

她莞薾，瞬間想起童年看過的卡通，卡通裡有隻大貓，知道讓森林激動的方法，鳳翎的眼睛發亮，開始用力去搖晃——噹噹噹噹噹！諸多黃葉伴隨水珠子滴滴答答落在鳳翎身上，恍若有聲。

鳳翎哈哈大笑，她覺得好玩極了！像回到單純的孩童時代，興高采烈。

原以為那些不規則七歪八倒的樹幹會阻撓她散步閒晃，得刻意繞開才行，事實不然，自鳳翎爬上一棵倒木開始，踩著它柔軟蓬鬆的苔蘚沿枝幹前行，一切都不一樣了。

這些樹幹有著厚厚的綠毛衣襯底，讓自己每一步都充滿彈性——ㄉㄨㄞㄉㄨㄞㄉㄨㄞ，這是一場充滿彈性的冒險，舉凡倒下的樹幹都成為她的路，踩著綠色的毛茸茸前進，竟四通八達，到處都有遊戲、到處都有可能，充滿新鮮感和趣味，她可以從這根走到那根、從那根跳到另一根、再從另一根爬到這一根。

「好想脫鞋喔！」鳳翎咕噥，乾脆把登山鞋脫了，赤腳踩上樹幹的一瞬間，腳下柔軟富彈性的綠毛毯讓她瞬間清醒，一種奇異的解放和親暱感自底心湧生，熟悉又陌生。

許是一路穿鞋走慣了，這一脫上樹，再次領會人類是如何為了保護自己而與自然隔絕，雙腳被包覆太久，久到都忘了接地的觸感，不過讓腳掌接觸樹皮苔蘚，身體就一陣輕鬆快意，像按下什麼輕盈的開關，讓她蹲著走、站著走、倒著走、撐兩旁的小樹幹跳走……都行！

倒木層層疊疊，若有適當高差還可以玩翹翹板，玩翹翹板時她聽見自己發出咯咯咯的笑；像走平衡木那樣穿行其間，走久了，彷彿自己也變成樹林的一部分，身體不自覺模仿它們生長的線條，或鑽或爬，像在跳舞。

一邊跳、一邊探望杉木的生長姿態、紋理、或爬行其間的蟲子，因為樹倒了，沿樹幹往樹梢橫向走去，輕而易舉能摸到金黃色的小杉葉，摘一片嗅聞，這高不可攀的氣味，優雅又潮溼。

哎唷，森林怎麼這麼好玩！

記憶中，鳳翎未曾如此一個人在森林裡玩耍。過去多為「經過」，即使在東島常常爬山，多半也是健行或工作，停下來多為休息，補充熱量就上路。只有如廁、撿柴、或探路會走入無明顯路跡的林子。

約莫是童年泰半在公寓中長大，她對森林間遊玩的想像多出於卡通。事實上，鳳翎不是一個會玩耍的孩子，如此在森林裡發明自己的遊戲，玩得不亦樂乎，在她有限的生命經驗中，竟成了唯一。

原來「玩」是這種感覺喔！沒有責任、沒有標準、沒有期待，去嘗試、去創造，這麼簡單，又這麼難。若不是最初榮文隨一堆木片屑屑追蹤到爪痕，她不會隨之走入森林。

走到這麼遠，她想找的自己，就在這裡。她沒想過，原來她會發現這樣的自己。

森林不大，但好好玩，貪玩的阿翎是正經阿翎的最佳拍檔。她意猶未盡，知道該回山徑上了，榮文還等著呢。

哇喔，忘記鞋子放在哪了？找好一會兒才找著。穿鞋像提醒的儀式，穿好鞋，她又回到如常的鳳翎。

山徑上等待的榮文，已一覺醒來，鳳翎走向榮文時有些心虛，預期他會責備，不料榮文只是看著她，反問：「樹有沒有跟妳說什麼？」

這下換鳳翎詫異了：「蛤？」這位務實的理工男說了什麼？

「樹沒跟妳說什麼嗎？」坐在樹下，榮文問，他沒打算起身。

「……沒有，但我跟樹玩得很開心！」鳳翎說，她有點受寵若驚。

榮文起身，背起大背包，他沒想太多，鳳翎沒事就好，等一下得趕進度了，還有一段路要走啊。

但對鳳翎而言，榮文這句問候具有莫大的意義。她所體會感受的一切常無法為外人道之，有些她會和榮文分享，但大部分經歷有時連對榮文也難以啟齒，或說無須啟齒，放心底就好。

與自然相親有多種不同的方式，如同榮文自有他一套和田野相處的邏輯，因為是不一樣的兩人，當他們交換彼此對生態自然的認知或發現，實則站在**理性科學**與**靈性生態學**的兩端給出各異的觀點。

偶有爭論，但作為伴侶，沒人會堅持自己一定是對的，對方仰賴的認知系統反而能**完整**個人對世界的認識。

因此當榮文問：「樹有沒有跟妳說什麼？」那意味著榮文依據對她的理解推估可能有這樣的發生，嘗試實證而有更多認識。對鳳翎來說，卻是非常窩心的問候。

先行的榮文，背影慢慢地縮小中。鳳翎看著那背影，舉腳前行，心想，能與這個男人並肩同行在這條山徑上，如此被陪伴，是得來不易的幸福。那幸福和在自然裡感知的幸福不同，此生為人，她很榮幸。

一陣風吹來，掀起整座山細碎的聲響，鳳翎站在那裡靜聽，以為風會停，不料風反而變大。鳳翎聽著風，就像聽雨，幾次在森林裡靜聽風響，知覺從哪端遠遠吹來。風靜了、而後又起，一陣一陣，這讓她可以反覆聆聽，抬頭看，樹梢顫動的模樣，有那麼一刻她看著滿山搖擺的樹林，整個山谷都隨風起舞，像有某種訊息藉由風在傳遞似的。

樹在風中搖曳，葉落如細雨，還沒飄下來便齊齊在眼前斜飛，滿山谷都在共振。

鳳翎有些觸動，她感覺他們並未從東島橫越千山萬水才來到這裡，似乎不曾經歷過遙遠的飛行。而是，她、榮文、又或是任何其他的旅人，本來都是「這裡」養大的孩子，所有人都是，**「這裡」很大，遠比她所想所意識到的自然還要更深遠遼闊，沒有東西方的分別，無所謂國度與文化。**風是母親，鳳翎聽見某種聲音，來自一樣的本源。

・・・

榮文走得快，但遇到松樹他會停下來，折下旁生的細枝椏，他手腳快，不多時就能捆紮一小束，收進背包，傍晚起火能成為關鍵助力。

鳳翎跟上來，榮文發現她手上也拎了一袋枯葉，她邊走邊撿，那可不是上廁所用的，也是為了火。如此到營地兩人可省下蒐集乾枝落葉的時間，畢竟這天氣說不準什麼時候會下雨。

路走久了，慢慢也培養出有備無患的默契。

沒辦法，誰叫鳳翎非生火不可，還不給用打火機，堅持用火柴，異常固執。她明明不擅長，卻天天練習、天天燒柴、天天烤火，榮文不曾見鳳翎這樣過，自她生日那天之後，就每夜要火相伴。雨天生火不易，他知道勸鳳翎放棄只是徒然，可能還會惹她生氣，既然如此，不如練就一身集柴之道吧。

山裡走久了、習慣了，炊煙已成日常，榮文在這氛圍下愈發輕鬆自若。這晚搭帳野營，鳳翎順利生火，榮文煮了醬油捲心麵的晚餐，宵夜是東島一絕的梅子黑糖山粉圓。有一刻鳳翎捧著熱呼呼的鋼杯抬頭，看見黑夜中群樹葉隙間閃爍的星子，挾帶著億萬年的光亮飛越宇宙穿透樹冠層，落在他們身上，鳳翎怎麼看也看不膩，跟榮文說：「天上有星星，地上也有！」

鳳翎指向柴堆裡嗶嗶剝剝向外散射的火星，說：「地上的星星在跳舞……」嗶剝剝、嗶嗶剝剝，黑夜旋轉漫飛，鳳翎就哼唱了。

榮文常聽鳳翎唱歌，他從不過問她唱什麼，只是聆聽，鳳翎的歌聲能讓他放鬆。

也許是歌、也許是火、也許是吃飽喝足，這一晚營地生活愜意，他想起東島鄉下老家那口大灶，不知什麼被啟動，榮文打撈那些久遠的記憶，一邊打撈、一邊敘說，彷彿被按下了某個無人知曉的開關。

榮文與火的關係，自他很小就開始。老家在東島中部的海邊，一個偏遠的小村，冬天很冷。全家回鄉下過年時，他和弟弟總會特別早起，揉著惺忪的眼睛跑去二伯母的廚房，蹲在那裡看二伯母生火，二伯母知曉他們兄弟倆喜歡火，從不阻止，只是弟弟看幾次後就開始賴床，剩下榮文，依舊早起往灶邊跑。從暗夜黎明開始，看火、玩火、弄火，直到天光萬丈。他不再害怕飄忽不定的火焰與高溫，一點一點更靠近火，學會丟細小柴薪進灶爐，餵火，想著，不知哪天才可以像二伯母一樣厲害。

榮文說，他當年看火、學生火的那股傻勁，就像現在鳳翎對火的堅持與熱忱。

榮文這麼懷念起小時候的合院生活，那時老家養了頭黃牛，他會跟著二伯去牽牛，二伯有閒，就帶他們駕牛車去海邊抓螃蟹。有時，父母親會帶他們去外婆家控土窯，傍晚再驅車回祖母家，全家等著熱水燒開好洗澡，他又興沖沖去看火，學著丟一點小柴……洗澡完再回灶邊報到，此時柴快燒盡，還可以用餘炭烤地瓜！可惜不一定成功。

啊，現在想想，他很喜歡過年。

這天晚上的榮文像喝醉一樣，寡言的他不知怎麼地滔滔不絕，口中的老家、合院、大灶、黃牛、螃蟹、土窯，故事充滿細節，帶點眷戀，卻不耽溺。鳳翎沒見過這樣的榮文，想是火施了魔法，造設時光機讓榮文搭乘，東島海邊老家的童年引領他如此靠近自然，鳳翎微笑聆聽，這些榮文從未提及的往事，他敘說的臉龐被火光烤得通紅，這絕無僅有的時光，火星如螢火蟲在空中漫飛，煙的氣味原始深沉。

兩人圍著火說話，直到鳳翎屁股底下的石頭都被烤熱了，她乾脆脫下登山鞋襪，舉起腳烘烤著腳心，烤到溫暖的極致，再一舉塞入登山鞋中。哇啊啊啊——腳心的熱竟能因此穿過身體直竄到頭頂，比泡溫泉還神奇！暗黑穹頂之下，鳳翎嚷嚷著好神好舒服，這絕妙的取暖祕方！

夜逐漸暗沉，榮文用樹枝撥開火堆，露出底下滿滿深紅色的炭心，他好久沒想起這些陳年舊事了。沒有明火，木頭已燒成炭，這時候的溫度最適合烤地瓜了。

鳳翎不在乎有沒有地瓜，她著迷地看著炭火深紅色的光，暗夜中明明滅滅，一小顆一小顆，都是隱隱跳動的心臟，躍動著、發熱著、膨脹著，生命有太多無言的訊息。

仰望夜空，喔，她實在愛看葉隙間閃爍的星星，樹木們的髮梢都鑲上了晶鑽，風吹過，眾樹搖頭晃腦之時，她感覺**星星和森林在對話**。

地上紅炭閃爍，起伏的光亮就是心跳，它在呼吸，色澤從豔紅、暗紅、到黑紅，溫度慢慢下降，直到成為黑炭。

他們不用水滅火，時間很多，願等火成為灰燼，這是對火的溫柔。

在成為餘燼前，這地上的星星，會與天上的星星相呼應，眾星連成一氣，而有人見證、有人憶起、有人領會、有人重新去愛。

以烏龜為榮

「慢」是一種哲學。
足以，改變人心。

黎明以前，世界一片暗沉。

山屋是間位於風噠哪湖畔的木造山屋，相較於其他簡易的開放式山屋，這裡的床位是罕見的木造上下鋪，不僅瀰漫著木頭清香，不遠處還附設有蓮蓬頭和抽水馬桶的衛浴設備，對長距離負重行走的旅人來說，差不多是度假村的等級。

除了山屋本身優美舒適，往廁所的道路還是寬敞的柏油路，從這裡走出去可輕鬆搭便車到就近的城鎮補給。

天空正在孕生火球，如果可以，**帶著覺悟離開被窩**（喔，這有點難），要躡手躡腳，盡其所能輕巧，只要成功走出溫暖的山屋，就能遇見魔幻時刻。

鳳翎不會特意起床看日出，只是出於如廁的生理需求，她躲在被窩裡龜了二十分鐘才甘願起身，無奈走入暗夜。

好在鳳翎喜歡黑暗，若眼睛能在夜裡認出影子，辨識事物的輪廓，她就不開頭燈。黎明的風很冷，她拉緊衣領往廁所前進，沒有燈光照明讓她益發清醒，兩側路樹發散著清香的氣息，在路的那頭，有廁所亮著燈。喔，廁所的燈好強……

從外頭走進來，鳳翎受到強光照射的眼睛，忍不住閉上幾秒鐘才打開。日光燈其實充滿侵略性，在黑夜成為她的舒適圈後，適應光明竟要花上一點時間。上完廁所，鳳翎自屋簷下走出，步入暗夜，瞬間眼睛一花，烏漆抹黑又什麼也看不到了。只得靜靜站在那裡，只是待著。

她在等，等眼睛適應黑暗。

方才見過黑夜，她知道黑夜是什麼樣子，她清楚被黑幕包覆的沉靜與安全。只是眼睛被強光照射後喪失了敏感度，重新步入黑夜便瞬間失明，這種看不見是暫時的，正因她剛剛沒開頭燈走來，她知曉她仍可以無燈回返。就這麼等著，一點一點，從全黑、暗黑、到灰濛濛的黑，慢慢地，能在黑暗中看得見了，樹的存在、變電箱的存在、路面的存在，一一明晰，這時，才邁開步伐前進。

黑暗是老師，它教導人身處之境與白日其實並無差別，差別只在光線。

鳳翎走回去的速度較來時更慢，因為**從光環中離開並不容易**，過度依賴光照是種危險，使人對黑暗產生恐懼和誤判，遠離**認識陰影**的智慧。

「夜視」是一種能力，鳳翎輕手輕腳摸進木屋式山屋掏走紙筆，暗夜中行事，能令她知覺更敏銳。走至山屋後方的長椅上坐下，鳳翎要守候天明，東島所謂的「破曉」，她要等「破」的那一刻——天光一破口，世界就開口，用各種顏色和溫度的變化混融，需要絕對的清醒才能看見。

提筆，這才開了頭燈，鳳翎弓起身子，用像護著燭火一樣的姿勢，沙沙沙記下夜行的一切。不知不覺，天邊沉默浮現一抹瑰麗的紅光，不多時，榮文端著爐頭和瓦斯罐，出現在她身側。

・・・

風噠哪湖的美是出了名的，經過的旅人都會忍不住留宿於此。多數人選擇於此搭便車進城採買，走逛一日再回返木屋。聽來是個完美補給計畫，看著風噠哪湖在晨風吹拂之下漾起的波紋，榮文卻覺得不一定要進城。

有另一個選擇：湖的對岸，有個碼頭，那裡有唯一的一家商店，供應必要的補給品，選擇有限且單價高，據說該有的麵條罐頭堅果能量棒也都有。就是這間商店說近不近，得走一小時的山路才能抵達。

鳳翎說，她想在風噠哪湖畔住上兩晚再走；榮文說，不然就走山路去對岸碼頭採買吧！

諸多旅人中，只有他倆往反方向走，或說古怪難解、或說不同流俗，明明旁邊就是柏油路，一條大道通往繁榮便利，進城閒晃唾手可得，此刻卻轉身，往另一個老派選擇走去：輕裝、便鞋、手持登山杖，以步行的方式走一條窄小山徑，到湖的另一岸，只為抵達湖畔唯一的商店。

兩人找到山腰上的小徑，才發現去商店的路幾乎沿著湖繞行。走在森林裡，雲霧繚繞，灰白的雲層漫散湖水四周，小徑涼爽，鳳翎一邊走、一邊看湖，以湖之名，這麼沿路哼唱起小曲：「風——噠哪噠哪噠哪噠哪……」

多像偏遠的少數民族，走一段不長不短的山路，到另一個山村裡的雜貨鋪買東西。

鳳翎和榮文沒把握小雜貨鋪是否有他們需要的食品，但決定走路去看看的行動，令這趟採買之路顯得浪漫又實際。鳳翎尤其喜歡在林間看望若隱若現的湖邊風光，儘管是灰撲撲的陰天，也因水天共一色而顯得遼闊無邊。

「風——噠哪噠哪噠哪噠哪……」鳳翎停下來，站在狹小的山徑上，面朝湖畔而唱，噠哪噠哪的細語像噠噠的馬蹄。風會送走她的聲音，聲音裡藏有她的名字、她所來之處、她的困惑與快樂。榮文在後方看著，他有時看不懂鳳翎的行徑，卻不質疑、不阻止、不過問，只是等待。

鳳翎在東島南方的第三大城長大，那是一座敲敲打打，以造船等工業起家的城市，與港相鄰，人民卻不親海；造船技術好，人民卻不駕船。只是拼命工作，超時加班，鳳翎的父母親便是其中一分子。

而今，鳳翎走在風噠哪湖身邊，多希望分享這片刻感悟予她一生勞苦的父親母親。看，那躲在葉隙間的天光水色，如此無聲餵養傍水之城長大的她。

「好棒喔，這樣走路去買東西，買完了還可以再走一遍回來。怎麼這麼好！」鳳翎嚷嚷，她一點也不覺得遠。

「嗯。」榮文回應，他習慣了鳳翎常為小事感到幸福的大呼小叫。

漫長的旅途，多少旅人為了完成「**阿帕拉契**」的長征，一心一意求效率，想方設法精簡行囊、節約金錢。

行進速度要快、背負重量要少、里程數字要多、攝取食量要小，於是真正能在一個地方浸潤環境、安放自身的時刻並不多，而這正是鳳翎和榮文感到困惑的——為了追趕目標，罷手了多少感受性的需求。千里迢迢來到這裡，若連走路都要拼業績，鮮少有時間品味細節，將丟失許多探索自身的機會，會忘了自己是誰。

遙遠東方老家的島嶼傳說中，有個「龜兔賽跑」的故事。榮文和鳳翎這雙人組合，是傳說中的「烏龜」。小夫妻樂於當烏龜，在眾多兔子間顯得格格不入，就走出屬於烏龜的節奏與風格吧，或緩慢、或笨拙，能看見能知覺的風景，卻因此更深刻。

不費心追尋、不奮力完成，**自然從未遠離，就在平實生活的每一天**。鳳翎出乎意外地享受這趟去雜貨鋪的山路，風噠哪湖就在身邊，被水溫柔地陪伴，只管好好地走，一種難能可貴卻又天經地義的感覺浮現。若未知悉便捷都會的生存法則，了解勞碌奔波如螺絲釘運轉的上班族，多數並不快樂，不會在這採購之途感到莫名平衡，從容是舒心的鑰匙。

下山沒多久即見碼頭，找到那所謂的雜貨鋪。

喔，雜貨鋪可不小，堪稱複合式商店了。不僅供應遊客們吃坐，還提供湖區皮划艇、獨木舟、釣魚、游泳等休閒活動，擁有寬敞的空間。

榮文點了海鮮披薩當中餐，鳳翎站在選購架前，看著為數不多的乾燥食品和花生巧克力棒……很好，足夠補給，安全上壘！

在這裡混了大半天，兩人才心滿意足轉上山路，走回山屋，天氣轉晴，陰灰色的湖水變得水藍水藍，鳳翎不由得大嘆，拉著榮文說：「明天、明天再來！」

生活是，日復一日行住坐臥、煮飯喝茶；生活是，偶有停歇，勤快修補、洗洗刷刷不忘晾曬；生活是，擁抱朗朗晴空也應允大風大霧，愛著不同時節的同一角落；生活還是，眾人歇息之夜，默守閃耀星空，不停搓手呵氣依舊埋頭書寫。

夜已深，鳳翎還坐在木屋外頭，寫著這些細碎這些呢喃。她珍惜這裡擁有熱水的淋浴間，洗完澡的身子骨摩擦衣服的感覺好溫暖。頂上是開闊無垠的大宇宙，榮文坐在對面，他什麼也不做，仰望上方的燦爛深邃無語。此刻，榮文身上發散出一股心甘情願的氣息，其安在幾乎與當下融為一體。愈冷、愈晚、愈沉靜。而**沉靜**，正是他們東島人一生努力工作所信奉的價值中，最容易被遺忘的。

・・・

隔日，更早出發，兩人再次走上同一條山路，手杖叩咚叩咚敲在小徑上，敲打土地的聲音就像讀著這裡的名字：「風、噠、哪、噠、哪、噠、哪……」

鳳翎靠讀取名字連結此地，榮文則以重複的行動熟悉環境，他們決定當遊客，這天要像遊客一樣去划船，嘗試任一種的水上運動，抵達某處不知名的岸，把握體驗機會。

誰說長距離山徑非得步履不停？只是東島人如他們，不會駛船，也不太會划船，只得選擇最簡單的獨木舟，商店的水上教練教他們如何划槳、告知船隻下水與上岸的注意事項。近日遊人很少，兩位東方面孔的年輕男女連兩日的報到，令工作人員印象深刻。

這麼划入了，日夜看望的湖水之上，成為其中一景。後座的榮文學習掌控方向，用身體熟悉划槳、舟與水的連動關係；前座的鳳翎加諸力量，感覺舟破水前行，時有歪斜，再重新調整。

從山徑旅人成為碼頭遊客，有何不可？鳳翎饒富興味想起，大清早木屋內所有旅人除了她與榮文，全都背上大背包前行，往下一個山屋推進，他倆卻在這裡好整以暇地划船，探索湖的邊界，望向八方各異的風景、發現其他山屋的存在，以及，遇見風噬哪的壩體。

老天，這湖是個水壩啊！而且超過八十年？風噠哪水壩為世界大戰的水力發電而建，成為這片古老大陸東面最高的大壩。結合阿帕拉契山徑與大煙山的存在，從早期的工業發展到今日做休閒觀光，儘管溫差令混凝土的壩體出現開裂，每數年得進行一次修整工程，風噠哪水壩仍成功化身為遠近馳名的旅遊勝地，鳳翎看到壩體時，心底止不住訝異。

與世界賽跑，用烏龜的速度。彎腰聆聽，眾兔奔跑時被擱置或遺漏的訊息。若非人為積極建設與維護，他們難以如此深刻經驗自然，無論是人造、或是天然。選擇不同貼近自然的方法，探索環境的真相，一邊划船、一邊閒聊旅程計畫，即便操舟並不熟練，在一槳一槳笨拙的推移中，鳳翎發現，她的身心竟因這樣的停滯，得到至深的休息。

慢慢來，或許比較快。

沒什麼是非得完成不可的，你唯一要檢視的是你是否完成了自己多一點？是否認識了這世界多一點？而這很難以一天推進多少里程來界定。當全世界都和風在賽跑，她選擇停下來，聆聽湖水拍打的呢喃耳語，揭開已知事物的其他面向，並為如此拓展視野的方式感到無比舒暢。

划了大半天，累了，兩人將舟推上岸，重返商店再點一個夏威夷披薩，好好吃！萬歲！即使微波食品吃了也無限感動。鳳翎向櫃檯人員要了回收紙張，其空白紙背可供她繼續書寫。靠坐在商店外屋簷下的椅子上，榮文忽然覺得，過去在東島務農的節奏其實是快了，總為農事奔忙而捨不得休息，生活還有千百種可能。

一個戴鴨舌帽的女子站在立式槳板上，一個人輕盈俐落地划出去，水面泛起的弧線真美，榮文望著她，兀自怔忡起來。

・・・

花去兩個太陽月亮的時間，榮文和鳳翎在山屋與碼頭商店間繞著湖走來走去，旅程一共前進零英里，把東島帶來的食物全數煮罄（正式宣告進入全面炊煮西方大陸食品時期），並有了放棄預期終點的心理準備。

兩人一點也不後悔，他們知道有什麼事情正在快速進展，比如**關係**。

夜裡，鳳翎在星空下幫榮文按摩肩膀，這種閒情雅致其實罕見，在東島，她老想著要幫農夫按摩，卻總是一碰榮文的身體就想睡覺，在這裡，卻異樣神采奕奕；睡前，鳳翎開始讀她的筆記給榮文聽，榮文不看鳳翎的文字，卻喜歡鳳翎讀給他聽，特別是一起旅行的種種，就像聽歷險記一樣溫馨。

他發現鳳翎變了，至少在東島家屋中，夫妻不曾如此互動。沒有手機、電腦、電視、音響各別占據他們的注意力，單純的日子促使他們相互支持，明明沒走多遠，卻能深化關係，這是什麼魔法？榮文沒見過這樣的鳳翎，鳳翎也觸碰到她所不知的榮文，什麼硬塊正在消融，無形的殼慢慢脫落，幾乎就像，蛻皮一樣。

月兒彎彎掛西側

站在同一處，他低頭瞭望地上繁華燈火，她抬頭仰望天上皎潔明月，關注的方向南轅北轍，這樣，可以一直相愛下去嗎？

慢有慢的從容，快有快的酣暢，之於每日走在山徑上的旅人如榮文和鳳翎來說，把這過程當成日常，是種趣味。

這天有一大段路都走在樹林緩坡上，榮文記得有個展望點，他跟鳳翎說好要在那裡吃中餐，走到中午都過了，飢腸轆轆卻未見展望點，在前面嗎？

走得愈發快了，曲折蜿蜒的路徑，強壯的灌木林抖落點點細碎的陽光，後頭鳳翎嚷嚷：「地上有星星！」（好吧，她這陣子熱衷與他談論各種星星。）

陰涼閃爍的山徑迷人，卻始終沒遇見展望，大概所屬東島的崇山峻嶺時不時就有壯闊景致慣壞了他們，在西方古大陸上旅行，經常泡在森林裡，走在樹冠層之下，若有展望，當然想把握想停留啊。

幾經定位，最後榮文判斷他們是錯過展望點了。好吧，只得就地中餐，這下才有清晰的飢餓感湧上。掏出堅果棒與蔬菜餅乾，鳳翎一小口一小口地吃，那是身體運動發揮到一定程度後，自然湧現對食物的渴望與珍視，無論它是什麼。

榮文攤開地圖，哪裡還有好的展望呢？發現過下一個山屋後，會遇到一個……

火警守望塔？既然是塔，應該會有好展望吧！不知那裡有沒有適切的營地？

「去看看吧！」鳳翎說，神情躍躍欲試。

榮文點頭，雖聽說下一個山屋建造新穎且寬敞，但火警守望塔他還真沒見過，聽來帥氣，不去怎麼知道？就是火警守望塔沒有水源，要背水。若不能紮營，回頭就是了，要找山徑旁雙人帳大小的腹地應不難。

為一個高高瞭望三百六十度全景的想像，兩人相偕去追尋。

不久就到了山屋，果然設計大方明亮，水源也在附近，不由得有些心動——安歇的場所誘人，真想就地休兵，還繼續前進嗎？

這種時刻，最是艱難。像一個冒險、一個賭注，面對地圖上一個未知的塔的存在，學習對自己的想像負責。

就是要，故意錯過山屋！

那是「**相信**」的力量，此後一路，榮文都在尋找營地備案，以抵達火警守望塔卻無法紮營作準備。

一隻花栗鼠在腳邊跳來跳去。榮文的眼睛追隨著花栗鼠，花栗鼠跳著跳著，最後消失在一堆樹枝中。喔，不，那不是一堆樹枝，是人為特意堆疊的，以樹幹和大量枝葉現地搭建的天然庇護所。

要不是榮文指認，隨後跟上來的鳳翎不會發現。「這豈止是庇護所？根本是高級的樹屋了！」鳳翎繞著樹屋細看，因有保護色讓它完美隱蔽在森林中，樸拙粗放的斜屋頂有南洋風味，門口兩側柱子的樹幹還很新，樹皮的紋路真美。因在不起眼的位置，有完美的隱蔽效果，若不是花栗鼠鑽進去，榮文也不一定發現。

兩人蹲在樹屋旁看，為打造者的創意和用心驚嘆。

「欸，放心，火警守望塔一定能紮營！」鳳翎不知打哪來的信心，跟榮文打包票。

榮文看了鳳翎一眼，她偶爾會冒出這種無厘頭的話，他總半信半疑。鳳翎則在心裡感謝那隻花栗鼠的指引，前途茫茫之時，遇見一個樹屋為今晚的家給予祝福。

・・・

榮文愛極了火警守望塔。

他坐在守望塔底部的大石上發呆，覺得火警守望塔就像童年的積木，一層又一層往上疊，愈疊愈高，疊到最高處，再蓋一個有屋頂的小房間，開窗眺望全世界。真的是，酷斃了！

誰說沒有營地？邊側就有小樹林，林下有兩頂帳篷，已有人在這裡紮營了，但榮文不想在林子裡，火警守望塔旁有個空地，差不多是一個雙人帳的大小，「剛剛好！」鳳翎鋪上地布，快速把營柱架設起來，扣上內帳的勾勾，很是興奮。

初來乍到，卻有股奇異的熟悉感，只因展望出奇地大，像東島高山的山頂。啊，終於來到，有展望的地方了啊！

鳳翎披上外套、戴好毛帽和手套，拉著榮文自塔底爬樓梯往上，一層又一層隨高塔迴旋，在向晚的冷空氣中大口呼吸，往上、往上，胸膛起伏、大口呼吸，終於爬到最後一層樓，不料鐵樓深鎖，無法進入。

沒有關係，兩個人像孩子一樣趴在倒數第二層的欄杆上，看望天空大地，落日餘暉的輝煌照耀群山，天空漸次由湛藍轉為橘紅，擴散至視野的盡頭，三百六十度全無遮蔽，大風吹拂，她和榮文殷殷期盼的大展望如此來到眼前，若不是狠心錯過那山屋、若不是甘願背水，他們無法印證自己所寄盼的是否如是。

遠處的雲像異世界，幻化成山河，裡頭藏有旅人夢囈，飄出峽谷、宮殿，或者大艦。**圓滿不是祈禱來的，要自己勇敢開創才行**。塔頂上鎖有什麼關係呢？他們原不奢求，這已是有史以來最棒的展望點。

榮文踱步下塔樓，該準備晚餐了。意外發現有一男子正在方才他發呆的大石頭上以瓦斯爐炊煮。噢，想是那林下的紮營者吧。榮文看了那男子一眼，移師到帳旁炊煮，兩個男人安安靜靜，隨即聽到鳳翎自塔頂下樓蹦蹦跳跳的腳步聲，「等一下端晚餐上去吃！」

鳳翎朝榮文大聲喊，她實在捨不得這轉瞬即逝的每一刻。

火警守望塔，顧名思義，是判斷森林起火點的建設，方便救火與搜救。榮文想起驛站相遇的友人，曾是野外消防員的史奇伯，對這火警守望台，一定不陌生。只是他和鳳翎第一次看到這建設，認知有限，還帶點天真，瞧鳳翎幾乎把守望塔當作是聖火台了，三不五時就想上樓。

於是，咖哩飯煮好後，他倆捧著飯碗爬上塔樓，一階兩階、三階四階，就當健身。都到這裡了，吃飯就是要美景當前啊！

四面八方的秋日色彩盡收眼底，天空在轉色、群山也在轉色，天空的金黃交疊森林的金黃，閃耀不可逼視，晚風冷冽，榮文不管咖哩飯就要涼了，把飯碗放一旁就拍起照來；鳳翎則專心扒飯，一口一口，每一口都是活著的證明，細嚼慢嚥是艱難的，因為她餓了，可以一邊看日落、一邊吃飯，真的好幸福喔。

可是幸福的時光怎麼這麼短暫，「歡樂時光容易過⋯⋯」鳳翎看著空空如也的飯碗喃喃，榮文挖了一口飯分給鳳翎，鳳翎很開心，萬分珍惜地吃。放慢咀嚼的速度，幾乎要吃出每一粒米飯到底都浸潤了多少咖哩，這滋味要深深記住，延長吃飯的滿足一如延長這場絢爛的落日。

這塔樓，只用來吃晚餐是不夠的，還有點心！這會兒下去了，再端著薑汁山粉圓上來，繼續追蹤世界的展望。

夕陽已西沉，鳳翎看到許久未見的月亮。一彎月牙輕盈優雅地掛在西面的山坡上，像一抹輕淺的微笑，襯著晚霞的天空，一點一點漸層入深藍，典雅細緻，黑夜即將穿著晚禮服，款款動人出場。

「月亮要下山了。」榮文說，事實上月亮早就在了，再不多時也同落日一樣西沉。

「哇，原來……」時空的碰撞與交會，鳳翎才能知覺**宇宙的運行**。這每天每天自動運行的魔法：星球的運轉，如此無所覺，被每天每天的忙碌遺忘、被集體期待或個人目標蓋台，唯有站在這裡，靜靜地看著、感受，強風吹拂間反而令思緒益發清明，才想起有多少星體在身邊環繞，人類能站在地球上看望，有多麼幸運。

鳳翎望著月牙彎彎掛西側，目不轉睛地看著夜幕如何翩然降臨。

「喔。」榮文出聲，鳳翎回頭看他，方知此時，山下的市鎮點燈了。哇——燈火齊齊亮起的一刻一定很棒。

榮文的眼充滿熱度，相較於天上一彎明月，他更熱衷看望地上的燈海，那是人間，熱鬧喧囂，無限精彩，有他想念的雞腿和牛排。

正式宣告入夜。

入夜一刻總是十足繁忙：要下班、接小孩放學、倒垃圾、煮飯、餐敘、在趕著結束工作的焦慮中、又或乾脆加班。日夜交替時，人們根本沒時間搭理快速變換的天地。此刻，他們兩人卻巴眨巴眨地看著夜幕緩緩升起，月亮以肉眼可見的速度下降中，星星亮起。星子移動，光影交錯，整個宇宙蓬勃地動著，膨脹又收縮、膨脹又收縮，鳳翎突然意識到，她從未如此關注過宇宙，專心致志地觀察，感到好奇與神奇，即使沒有誰不是宇宙的一部分。

鳳翎沉醉於有月的昏暮，榮文卻神馳於山谷懷抱的夜景，那是富蘭克林市鎮與鄰近小聚落。月光是天生的，燈光是人造的，鳳翎欣賞上頭月亮的低調神祕，榮文感興趣的方向卻在下方，那裡有辛勤的耕耘、豐盛的物質、翻騰的欲望、競爭以及愛。

鳳翎突然感到不安，她很惶惑，兩人關注的方向南轅北轍，根本是天與地遙遠的距離，**這樣可能一直相愛嗎？**雖走在同一條路上，卻擁戴不同的價值，攜手同行有其辛苦之處。會不會有一天兩人就此分道？鳳翎看看天上、又看看地上；想想自己、又想想榮文，天與地之間，要如何常保聯繫而不致背離彼此？

她不無焦慮。想起上一段旅程她才因拖太晚出發導致摸黑，堅持憑「夜視」能力走路，不論榮文表示多少次請她開頭燈，才能走得快，畢竟天黑要找山屋不容易，她就是不要，並為榮文不能理解她而生氣，兩人鬧僵了，果真錯過山屋，走到又累又生氣，最後被迫在步道上紮營。

腳踏實地既是榮文本色，他的目光與判斷永遠能提醒鳳翎，**現實**的重要性。這令她不至於飄飛到不知名的異想世界，斷了線無法落地。而重視精神世界、充滿想像力和感受力的鳳翎，會頻頻仰望天空不是沒有道理，她太喜歡探索無形世界的奧祕了，正因這份特質，榮文才知曉生命有他所不知的精彩深刻，平淡的生活因此豐富。

「互補」大概就是這道理。這麼一想，她才微微心安，**有天有地，才有完整**。

「晚一點，星星會更多。」榮文不知鳳翎心緒繁多，逕自說。

「那晚一點我們再上來看！」鳳翎還真不知厭倦。

晚飯吃了、點心時間也結束了，既要等到夜幕深沉，做什麼好呢？就提前聽故事吧！鳳翎在帳內讀一個段落的日記給榮文聽，榮文不費心記憶過往，也不看書，文章只要長一點他就想跳過，但他喜歡聆聽。聽鳳翎讀著前幾日的種種，回想之前走過的路，並從中了解鳳翎看世界的角度，這樣聽故事也不賴。

不多時，兩人再度出帳，爬上塔樓，看晚霞完全退去後的環場天穹，星空不如預期明亮，但銀河出現了。傻傻兩個東島人，站在那裡一直抬頭看著，塔樓上轉來轉去，至此，火警守望塔變成了星星眺望台。

世界怎麼可以那麼大！

天上有繁星，地上有通明的燈火，每一盞燈，都象徵一滴汗水——那是人類打造出來的，榮文最在乎的，腳踏實地的物質文明。

同行

湯姆先生的孤獨

我……很羨慕你們。

湯姆先生是穿著睡衣來看日出的。

鳳翎起床出帳時，已看到湯姆先生坐在那顆大石上。她慶幸他們在火警守望塔旁紮營，打開外帳就能看到天空，朝霞把天空染成一幅畫，紅橙黃金藍靛紫，雲朵堆成了海，洶湧透著光。鳳翎不由得也走到大石旁。

「這雲，真像一條大河。」湯姆先生說話了，彷彿他們認識。

鳳翎靜靜地點了點頭。

是呀，毛茸茸的雲朵堆積成海，鋪滿了狹長型的山谷，彎彎曲曲蔓延到盡處，真像一條滔滔的白色江河。兩列青山內側的曲線如河岸，中間露出來的小山像河中孤島，若不特別細想，還真會忘了下方有市鎮，在昨夜閃爍。

榮文端一碗奶茶走來，遞給鳳翎。奶茶氳氳的熱氣像遠處蒸散的雲，驅散了清晨的冷冽。鳳翎接過奶茶，榮文就上塔樓了。

湯姆先生看來不過四十出頭，留著一撮小鬍子，單薄的睡衣褲流露出隨興不羈的一面，說不定一睡醒就跑出來等了，清晨很冷，他瑟縮著身子還是要守著，目光帶點痴，又若有所思。

守望塔上的榮文自成一格，鳳翎和湯姆先生從大河開始聊起。湯姆先生說，他十幾歲的時候曾來過這裡一次，那是學校的大露營，記憶僅存為了喜歡的女生盡可能展現自己強壯的背水能力，累也不敢吭聲。那時他壓根沒想過之後再造訪此地。出社會工作多年，某日，在一本攝影集中看到一張山谷日出的照片，像觸電一般瞬間想起，小時候來這裡露營的畫面……一回神，三十多年就過去了。

像有什麼沉在甕底的東西慢慢浮了上來，年復一年，愈發想來；年復一年，必須要來；年復一年，直到不能不來。他家離這裡極其遙遠，他的妻子說他瘋了，他的孩子不能理解他，但他就是要來，為了此刻，看一眼山谷中的日出，遇見更多他早已遺忘的，在自然中跑跳的童年。

鳳翎看著湯姆先生，覺得自己很幸運，能聽聞這份失落。怎麼說呢？也許所有喜歡自然卻不知不覺遠離自然的大人，都可以**理解**的對吧？湯姆先生說話的神情像一個害羞委屈的小男孩，似乎非常在意家人難以接受他的行徑，而被曲解為衝動、莽撞、不切實際。鳳翎微笑想起自己的母親，老媽也曾指著她的鼻子這樣臭罵過她呢！

是不是，所有到野地裡叩問生命的孩子，都要背負一個不被應允的沉重十字架？喔不，榮文是個例外，他的父母甚少阻撓他的決定。鳳翎抬頭望向塔上看日出的榮文，邀湯姆先生一同爬上守望塔。

這地方，滿足了榮文和鳳翎看大展望的心願，也圓了湯姆先生遺落數十年的夢，他們繼續聊著眼前這片大雲之河，美則美矣，也要有人共享才顯得真實。

鳳翎恭喜湯姆先生：「你做到了！」即使為家人的反應心煩，也該好好祝賀才是。

湯姆先生笑得開心，在塔上，邀他們自拍三人合照。鳳翎和榮文於此成為旅程的見證者。

直到榮文和鳳翎開始拆帳打包，湯姆先生都還賴在風裡，和另一位從樹林過來的旅人聊天。離開前，榮文和鳳翎再爬上塔樓一次，告別這片展望。雲海已散去，清晰可見谷地，白日濯濯，市鎮的忙碌喧擾已經開始。

不過歇一宿，兩人上下來回這守望塔高達六趟，毫不厭倦，而且珍惜。

・・・

紮營紮上癮，這天也過山屋而不入，往前推進到一片山毛櫸森林，林下平坦，覆滿落葉，走在上頭能聽見葉子相互摩擦的窸窣聲響，以及被每一步壓碎的嚓嚓聲，鳳翎走著玩著，榮文說：「就住這裡吧！」

搭帳搭到一半，榮文注意到不遠處有熟悉的身影，他向鳳翎用眼神示意來時路的方向，鳳翎狐疑地轉頭。

「就知道你們會選擇在這裡過夜！」人未到而聲先到。

可不是嗎？湯姆先生走上前，對他們露出勝利的微笑。

「哇喔，這麼巧！」鳳翎不無驚喜，難道湯姆先生今天也要在此紮營？看湯姆先生放下了背包，一副終於走到了的疲憊樣，忽然意會湯姆先生也許是特意追他們來的。

遠離家園，一個人來到山裡走路，其實很**孤獨**吧。

儘管湯姆先生說起話來樂觀開朗，仔細感覺，其實底下藏有落寞，更精確一點來說，是**哀傷**。但他隱藏得非常好，鳳翎知道，那不是她該探究的地方，她只要把握今晚有好鄰居的歡喜就好。

榮文揚起嘴角，多一個人，今晚會很熱鬧。

好木柴隨處可得，榮文將幾個大木頭用刀劈成一半，準備火絨；鳳翎蒐集細枝，時間很多，將細柴、中柴幾支幾支慢慢置放架設，火房逐漸變大，如印地安小帳篷。湯姆先生一下看榮文劈柴，一下看鳳翎搭火房，誇張喊著沒見過有人這樣生火的，這對夫妻準備生火的樣子帶有儀式感，就像藝術家。

鳳翎只覺得，湯姆先生對野營的一切都感到新鮮，彷彿他極少經驗。火苗起來了，順利長大並且穩定。「今天的火很開心喔！」鳳翎跟湯姆先生說，她不急著快速添柴，只是慢條斯理地顧火，榮文正在準備食材，等一下的火方便他煮飯即可。

「我看過的營火都很大，你們的火不一樣。」湯姆先生看鳳翎的眼睛充滿好奇，鳳翎則對湯姆先生的觀察感到興味盎然。她不知道他們的火跟當地有何不同。「火不用大，夠用就好。」鳳翎說。

柴自樹木的犧牲而來，樹木用它的生命供應人類換取熱能，熊熊烈火可能是妄自尊大的虛耗、或者貪玩，沒照顧到森林，無意中虛擲森林的能量，還可能有火災的風險，她不願如此。**節制，是對森林的敬意**。

湯姆先生的眼神驀地一變：「這種想法，很……特別。」

鳳翎感覺湯姆先生話中有話，才聽他叨叨絮絮說起他的日常——其實生活有點空虛，就像……很大的營火那樣。西方大陸這裡習慣什麼都大，房子大、車子大、火也要大，什麼都大，什麼都只用一點點，久了，他反而感到匱乏。「大」是一種虛幻。

湯姆先生自我解嘲，成為一個電腦程式設計師，終日窩在冷氣房工作，存錢買了大房子，想著什麼時候才能出去走走，老婆和三個孩子卻沒一個想跟。直到去年父親節，大女兒問他想要什麼樣的禮物？他高舉雙手說：「全家一起去露營！」看到大女兒和老婆驚愕的臉，其他兩個孩子數度確認，他卻無比篤定，就是要露營，而且要全家一起。

「後來家人有陪你去嗎？」鳳翎忍不住問，這位湯姆先生真沒放棄欸。

「有啊，超好玩！」湯姆先生高昂的回應，讓榮文悶笑出聲，他聽見孤獨，更多的是**振奮**。

「你們都這樣煮飯的嗎？」湯姆先生看火苗長大的樣子很興奮，他蹲到榮文身邊，看他煮飯。那躍躍欲試的模樣，讓鳳翎想起榮文的童年，只是角色換了——榮文成為用大灶的二伯母，而湯姆先生此刻，就像是當年每天黎明爬起來看火的小榮文吧。

「要試試嗎？」鳳翎問。

「要！」湯姆先生忙不迭跑到背包處掏出他嶄新的單人鍋，「用這個可以嗎？」眼神閃閃發亮。

「……用火煮的話，鍋子屁股會黑掉喔，你確定？」鳳翎看著亮閃閃的鍋子，該不會為這趟買的吧？

「沒問題！」他挾著永不回頭的志氣應聲。

瞧湯姆先生興致勃勃，棄瓦斯爐不用，轉而用火炊煮自己的晚餐，喃喃自語著他看過電視哪些節目，其中還有鑽木取火，完全不用紙張或其他火種。

「那是真的，我們前日才在一個山屋的壁爐前，看到鑽木取火的工具，有人留在那裡。」鳳翎說。

「啊，那你們會用嗎？」湯姆先生顯得激動。

「不會，那不容易，我練不好，榮文則沒特別想學。」鳳翎說，想起東島會鑽木取火的夥伴們，她知道那是怎麼回事。

「也沒差，反正你們還是藝術家。」湯姆先生說。

他滔滔不絕繼續談論他所看過的電視或網路節目各種野外求生的方法，愈說愈起勁，充滿嚮往。而後他自己在柴堆的火焰中小心翼翼找到一個好位置，戰戰兢兢架上他的小鍋，開始煮水。因要顧火，使得說話斷斷續續，最後慢慢趨於安靜，只是專心看火。

火光在湯姆先生的臉上跳舞，跳出焦慮和生澀，也跳出一點點的，滿足。

這一夜，因共享的火，顯得熱鬧又安靜。

「我……很羨慕你們。」飯後，湯姆先生突然說。

「蛤？」鳳翎一下子沒意會過來。

「能和伴侶到山裡，一起走這麼遠的山路，對我來說，根本是場夢！」湯姆先生說著，認真看著對面的小夫妻。

榮文挑了下眉毛；鳳翎瞪大雙眼。他們從未想過，這是遙不可及的夢。對他們而言已為尋常的事，卻是他者眼中的奇蹟。

「這樣啊……」鳳翎說。

「是的。」湯姆先生應聲。

「我不知道這是一場夢，**對我們而言，這是每天都要持續努力的現實。**」鳳翎答道。儘管聽來浪漫，但他們可是費盡千辛萬苦才走到這裡。「你提醒我，這個夢得來不易。」

湯姆先生舉起底部焦黑的小鍋，比出勝利的手勢，眨眨眼：「而我也帶著自己到來，這已不再是夢。」

・・・

榮文顧火，鳳翎在火堆前寫字。

鳳翎真喜歡這麼寫著，寫到一個段落，停下來望著火，盯著火焰顫動短暫放空，然後繼續書寫。

「滿天星喔。」榮文低聲說。

鳳翎抬頭，可不是嗎？星光穿越了層層疊疊的樹葉們，乾乾淨淨閃耀著。但她還看見更多，火光擴散至周圍的樹林，樹幹和枝葉都被染紅，隨跳躍的火苗閃動，林子隱隱搖曳著火光，森林與火結合，訴說著生命相互映照並照應的故事。

湯姆先生已進帳睡了，鮮少走一整天山路的他累壞了。

「回東島後，我們帶弟弟妹妹去爬山好不好？以他們的能力，為他們量身打造合適的旅程。」鳳翎寫著寫著，忽然抬頭說。

「……」榮文不太明白鳳翎怎麼突然提起家人。因為遇到湯姆先生，聽他談了那麼久的家嗎？

「下山邀我爸媽來登山口接風，一起去住溫泉旅店，全家團聚！」鳳翎的聲音突然高起來，神采奕奕。

榮文一愣，而後恍然：「像……那兩個女生？」

鳳翎點點頭，不愧是知她甚深的榮文。

他口中的「兩個女生」，便是生日當天給她紙張生火的那位白髮女子和其友人。兩個女生到山裡旅行，腳程節奏與他們相仿，連三日都住一樣的山屋，最後在某登山口再度相遇，現場停有兩輛車，才知兩個女生的家人開了四個鐘頭的車程來接風！現場氣氛溫馨熱鬧，嘰嘰喳喳，白髮女子開心地從後車廂拿出柳橙汁請鳳翎和榮文喝，還有新鮮香蕉，分享她家人的愛。

「我也想念我媽做的白斬雞了。」那時榮文在身旁這麼說，鳳翎白了榮文一眼，卻明白那是什麼。

鳳翎想，海洋的另一頭，爸媽不知道好不好？妹妹的工作是否順利？弟弟當兵還適應嗎？弟弟曾問過山裡的風景為什麼那麼吸引她？妹妹雖是城市少女，卻會買登山裝備送她。

或許，有一種溫柔，不是為家人喜好與自身迴異而失望落寞，乾脆退一步成為橋梁，安排出適合彼此的折衷辦法。何不邀他們去簡單的步道走走呢？

「可以。」榮文看著火，這麼說。

鳳翎低頭，筆在白紙上遊走如風，書寫力道變強，她記下這個構想，不想只是說說，火光在紙上閃動。

「那要帶你爸媽去哪裡？」鳳翎抬頭，問榮文。

「……」榮文沒想那麼多。他們家一向平平淡淡，不需要吧？

「小時候，爸媽都帶你去哪裡玩呢？」

「除了鄉下，就是家附近的湖濱公園。爸爸會綁吊床，還會釣魚，媽媽會做便當，我們放風箏。」

「那我們回去，就邀爸媽去湖濱公園野餐吧！」鳳翎眨眨眼說。

「有一次風箏放著放著，我竟然把線放完，風箏就飛走了……」榮文想起這些平常不會去想也想不起來的往事，好奇怪，怎麼這一路都默默湧現了。

・・・

隔天，湯姆先生要結束他三天兩夜的旅程了。他穿著睡衣、睡褲出帳，拿出一張紙慎重其事地請榮文和鳳翎寫上**名字**，說希望用東島文字書寫。

「好像畫。」湯姆先生盯著鳳翎與榮文的**名字**說，「這是什麼意思？可以解釋給我聽嗎？」

鳳翎與榮文面面相覷。

「如果很難解釋，比手畫腳也可以。」湯姆先生猜是語言有限難以表述，殊不知，這對他們來說其實是一種挑戰。

要指認自己的名字。

鳳翎深呼吸一口氣，決定嘗試表達。她閉上眼，摸著自己的心，再睜開眼，轉頭與榮文確認，收下他的解釋。走上前與湯姆說明時，清楚這不是背誦而已，鳳翎感覺自己的心在顫抖。

她與湯姆先生說，「鳳」是神鳥、是靈動的象徵，「翎」是羽毛、是力量的延伸，「鳳翎」是**靈鳥振翅**，**浴火重生**；「榮」是花開、是興盛，「文」是溫和、是禮節，「榮文」是**安安靜靜地輝耀著**，**各種勞動成果的光芒**。

那一刻的鳳翎有股難言的氣勢，帶著某種覺悟，因為一直以來，她都不願承認自己像靈鳥，如同榮文也不相信自己會有多光耀，跌跌撞撞只是不停懷疑「我是這樣嗎」、「我有這麼好」？而今有機會讓他們再次練習，走得愈遠，愈要有勇氣識得自己，如錘鍊自己的名。超越背誦或複誦，不單供叫喚或記憶，若能在漫長旅程中領略並摸索名字更多的意蘊，活出自己的樣子——那便是，遠行的意義所在。

其實鳳翎不確定這樣的解釋湯姆先生能了解多少，他只是直盯著那張紙驚呼，低喊：「啊，果然是藝術家……」

擺一擺手，就此分道揚鑣。

人不瘋魔不成活

試著認識欲望，暫不批判、暫緩駕馭。

我們是人，欲望是刺激我們前進的原始動力。

無論山裡的經驗多麼豐富精彩、多麼安詳樂麗充滿天啟，都無法取代走入城鎮中吃到油炸或新鮮料理的快活。

但鳳翎真的非常苦惱這件事，如果不是身體行動讓她明白這只是一種自然而然，實在沒什麼好掙扎的，看看榮文，他以此為樂。他們確實有這個需求，只是無法節制的結果，身體會向鳳翎反撲，讓她又愛又恨，難以自拔。

餐館裡自助式吧檯成排的生鮮蔬果任君選擇，這邊鳳翎夾了一大盤沙拉和一盤熟食，計量著等一下要留甜點的胃。那頭榮文已坐在桌前，啃完一個雞塊、兩個雞腿，盤上還有雞胸和雞翅，他喃喃跟鳳翎說他快要吃掉一隻雞了，鳳翎覺得誇張，但她也不好說榮文，因為她自己正覬覦著還沒喝到的羅宋湯。

才知道山徑上缺的是什麼，確實走入小鎮，就可能實現味覺饗宴。一個溫暖的沙發絨布椅、光潔的刀叉、舒暖的空調、輕快的音樂……奇怪，這又不是第一次，明明山裡沒餓到肚子，這舒暖慵懶卻無可取代。

被人服侍的高貴感是何等尊榮？服務生又來加可樂，什麼都不用做就有食物送上門，喝到飽的可樂到底是幸福、還是考驗？不好說。鳳翎知道自己喝汽水會脹氣，就一小口一小口輕啜；榮文難得狂放，他咕嚕咕嚕下肚像豪飲——終於不用再蹲在地上用瓦斯爐煮麵條了，揮別調理包和乾燥米，一口汽水、一口炸雞，飽暖酣暢一日。

彷彿走了那麼久的山路，就為遇見這一餐，不是沒有自覺，只為完全投降。畢竟能為每一次回到花花世界的人間，選間小館子，好好吃一頓，是至高無上的享受。

鳳翎其實欣賞這棒喝般的提醒：每回經過一個小鎮，順道找間餐館吃飯都是大禮，那種「**能吃就是福**」的激動無可比擬。就是總控制不住吃太多，吃到解開褲帶，最後什麼也喝不下，每回離開山裡上館子的第一頓都暴飲暴食，屢試不爽，這報復性吃法讓她不禁懷疑，那些山裡以為的平靜幸福，都是假的？為什麼一進市鎮就會現出另一面？榮文只是專注地吃，吃到撐實屬正常，這種事不用花太多腦筋思考吧，回到旅店窩在被窩裡看電視放空，多美好的一天。

離開小館，街道漫步，已經飽到喉嚨，看到超市兩人還是興奮不已。忍不住走進去逛，又買了優格、冰淇淋和水果，反正旅店有冰箱，存著以備不時之需吧，開心哪！

這一晚激昂的情緒和鼓脹的肚子都太滿，夜裡鳳翎開始不舒服，她睡不好，也不認為自己有吃好（如果好的標準包含消化得宜的話），夜半跟自己生氣，只覺渾沌焦躁，乾脆起床滑手機和整理照片，至清晨六點仍在打飽嗝。依稀記得，這重複的輪迴她已走過幾回，回回都是小鎮美食的手下敗將。

正因每次進城都有相仿的情節，難怪她對市鎮生活感到矛盾。

在上一次補給市鎮的半露天觀光餐館，因墨西哥肉醬脆片和生菜沙拉太吸引人，也是不可自抑地吃。鳳翎不喜歡這種失控的感覺，說得明確點，她討厭這種擋不住卻必須控制的困境，簡直就像成癮。

當想要的東西充斥在身邊，要有意識地去控制欲望其實是很辛苦的事，因為就是**欲求不滿**啊！

鳳翎討厭自己欲求不滿的事實，只能在這一次次輪迴中重複認識生而為人動物性的一面，不過就是為了吃。

她轉頭看沉睡中的榮文一眼，鼻息平穩，可惡，完全沒有她的糾結痛苦。榮文重視物質生活，接受資本主義，他清楚他需要，有則把握，無則適應，**貪心是很正常的事**。這令鳳翎不禁懷疑，難道她嚴重的消化不良，不只是純飽食所造成，還參雜不明的情緒困擾或道德辯證嗎？

一次他倆入住山路上另一個驛站，那驛站公用廚房的冰箱是個聚寶盆，放著來往旅人多餘而分享的食物，櫥櫃角落還有旅人神奇百寶箱，裡頭是五花八門各種補給品和裝備。

鳳翎還記得，那天早餐榮文從冰箱中拿了一片冷凍魚肉、兩條熱狗、兩個雞蛋、兩個薯餅，兩片吐司和一個漢堡麵包，在公用廚房悠哉地烹煮烘烤，鳳翎卻感到難為情，再到冰箱多拿一瓶鮮奶都覺得不好意思，還想著等一下要記得去神奇百寶箱翻找免費補給品。

欲望不是罪，每個人都有欲求不滿的時候。

兩人在旅人百寶箱中翻出五包乾燥米、喜瑞兒沖泡包、甚至還有瓦斯罐！需要的，榮文不客氣地通通拿走了。

承認欲求，不再自責，會不會是治癒腸胃病的其中一種藥？這麼一想，反而鬆了一口氣。

晨光灑入，這天鳳翎不吃早餐，只喝熱茶。中午和榮文去附近的學生餐館吃飯，一樣是自助式餐點，榮文又多夾一支雞腿，但他後來吃不下第二支，就默默夾給對面正在喝湯的鳳翎。鳳翎睜大雙眼，她拒絕了，要榮文自行打包。這餐吃得不如昨日痛快，榮文忽有所感：「下次可以不用再選自助式餐館了。」

・・・

下午到「最便宜超市」採購入山補給品，走入以後，鳳翎和榮文才發現，先前到過的觀光小鎮如卡丁博格，物價有多不親民。兩人推著推車爽快採購，準備到櫃檯結帳前，卻停在兩個大型置物架之前，兩人都呆住了。

一張白底紅字的大標語「特價即期品」貼在架上。

架上滿滿的，都是即將過期的食物，於是榮文開始撤換原本選購的食品，並評估可以換掉多少。鳳翎還不能反應過來，他們東島的超市也有即期品，但不曾見過這麼多。差不多是兩個人的身高加起來，即期品幾乎滿出架位了。

她將餅乾換成即期麵包、多拿一罐果汁，卻看著一旁銷不完的多條大吐司失神——這些當日到期的東西，今天如果沒人買，就會被銷毀嗎？怎麼可能？那麼多！每天都這樣嗎？到底有多少食物每天每天這樣被丟進垃圾桶？

果汁、麵包、吐司、沖泡包、醬料、微波熟食，滿滿兩大架，全部未開封，而今晚兩人的戰力只可能消滅其中一包麵包（裡頭可是有八條軟法）。

兩人在推車與架位間來來去去，重複拿起又放下，直到榮文跟鳳翎說：「就這樣，沒辦法了。」他們能帶走的有限、胃容量也有限。

至終兩人站在架前，一時要走不走，不知還能再做什麼。

人類怎麼會花那麼多氣力去生產加工、包裝運送、銷售不良又銷毀這麼多不必要的食品呢？當食用的需求原來渺小，銷毀的力道卻如此之大。這之中耗去多少時間、能量和精神啊？鳳翎想起湯姆先生所說，這裡什麼都大、什麼都多、什麼都用不完或根本沒用。看似理想的西方古老大陸，有什麼他們不知道的真相浮現了。

每個地方都有陰影。光愈強，影子愈黑。

「怎麼會這樣？這也太浪費了！」結帳後，鳳翎仍激動莫名，忿忿不平。她很生氣，真的很生氣。

貪心。人類正為貪心付出代價而不自知，就像她自己在餐館的時候一樣⋯⋯鳳翎不知該拿這貪心怎麼辦？她無權置喙，就像無可自拔的食欲，不知哪裡失了準，在心靈底層中，一定有未知的魔鬼在長大，人類才會被自己反噬，她不知如何面對。

榮文不想回應，他認為貪心很正常，所有人都是**結構**的一分子。面對黑影，他選擇保持距離。

只有最便宜超市才有即期品的架位，其他超市都沒見過。否則，西方古大陸撤換商品食品之快，是一般民眾想像不到的。為了讓大家能輕鬆選到甫到貨的新鮮產品，什麼都要新、要多、要快，還要價廉，若冀求優良品質管控，就是快速撤架。至於即期品到底有多少、撤架後都去了哪裡？不得而知，也鮮少有人過問。

回旅店一路，鳳翎都處在西方世界資源過剩的震撼中，他們沒辦法改變更多，這些多餘無法分配給需要的人，還有餓著肚子找不到母親的孩子、路邊餐風露宿的乞食者、地下道席地而睡的遊民，她為這些浪費感到罪惡，不願意承認物資可以如此揮霍。

難怪自己會下意識抗拒物質世界，並對欲望敏感。弔詭的是愈是禁欲，愈想縱欲。反覆入山行走、出入城鎮，穿梭於自然與文明之間，咀嚼生命各種美好疼痛，思考人之所以為人。而今，能識破美好假象，看穿背後的真實，面對陰影，似乎是鳳翎了解自己的旅程之一。

魔鬼聰明，藏匿在人心的欲求裡。

「**沒那麼糟**。」榮文說。他想起山徑上不只一次遇見的「旅人百寶箱」，人們分享多餘，他們總因此受惠。與其像個道德魔人般檢視欲望，不如想想提袋中那即期的香蒜軟法麵包，今晚怎麼吃比較不會無聊。切片沾青醬加起司送烤如何？

鳳翎笑了，榮文的實際總能提醒她，清楚當下能做的是什麼。

指認出陰影、也看見光亮，允許它們並存。只要承認並且應允，生命之路就會變得寬敞。

・・・

把即期品分裝打入大背包，準備入山，窗外尚未天明。

「早餐出去吃？還是隨便吃就上路？」榮文問，他手上拎著一份即期麵包。但其實很想入山前把握機會再吃一次新鮮料理，只擔心鳳翎碎碎唸。

「我要吃歐姆蛋！」鳳翎爽辣地說，背起小背包準備出門，換來榮文傻眼。

不想再那麼理性了，這只會讓鳳翎對自己失望並厭棄這個世界。昨晚回旅店路上，看到路邊餐館的立牌，貼有歐姆蛋的照片，似乎是店內招牌菜，因只做早餐所以不得其門而入。她當時站在那裡張望了一下才離開，至今惦念在心……她要去吃，好好地吃，不想再故作清高，說：「我們應該……」那些冠冕堂皇的應該，可能積累更多不滿的欲求而讓自己受苦。

黎明天光未亮，小鎮的湖還泛著清冷的白煙，街道上偶爾行駛經過的車燈閃爍，路旁的家屋都還點著燈，榮文和鳳翎並肩走著，嘴一呵便有白花花的霧氣，這麼早步行去尋吃歐姆蛋，是種堅持，鳳翎分外篤定。

店內無自助式餐點供應，只能單點，一切恰到好處。

誰叫鳳翎最喜歡吃歐姆蛋了呢！她愛它的膨鬆軟嫩，這山徑上不可能出現的料理，端上來時，圓胖飽滿淋著鮮紅番茄醬的金黃色蛋體叫人心花怒放，一口咬下，裡頭濃稠滑溜的半熟炒蛋簡直讓她上天堂，嘖嘖，鳳翎吃到開心地鼓掌！

榮文的總匯三明治也來了，兩個人閒適地吃，吃著吃著，陽光就進來了。

「你看！」鳳翎輕聲指向窗戶。過去只留心食物本身的他們，而今能欣賞晨光一寸一寸攀附窗簾的美。鳳翎邀榮文捧餐盤到廊道上的搖椅坐，一邊吃、一邊曬太陽。他們看到陸陸續續的客人進門，一個人、一對夫妻，或者姊妹。鳳翎意外地發現，歐姆蛋帶領她看見更多她未曾留意的風景。這樣的早餐時光，細緻舒服，等會兒回去退房，可以毫無留戀心甘情願地上路。

這一餐，不是最多最豐盛的，卻舒坦而自在。欲望驅使人前進，是生存的原始動力。**許可欲求，善待自己**，不知為何，就不會吃到撐了。

以夢之名

只要躺下，閉上眼，就能聽見，遠方，來自古老老心靈的鼓聲。

那是一首歌。

多年前，某次異地旅程中，鳳翎在打工的國家公園商店內遇到一張專輯，專輯名為《人》。她在店內拿起耳機試聽第一首歌，聽不懂歌詞，卻不知為何歌中的鼓聲讓她的心震盪不已。那是第一次，她意識到世上有說不明白的共鳴。

專題封面上站了五個人，看不出是男人女人，但與她東島古老的原住民族相似，每個人都紋了面，穿著奇裝異服（至少不是現代服飾），頭上佩有羽毛，神情肅穆看向前方，她那時有種奇怪的感覺，明明是七彩的裝束，神情卻樸拙單一。音樂多集體合唱，充滿著低調而質樸的力量。

鳳翎戴著耳機，像聽聞久遠的召喚之聲，像進入漩渦中心跳著迴旋舞，片刻入神。直到脫下耳機，思考要不要購買專輯，才發現方才意識已脫離現實。

咦，發生什麼事了？為什麼她好像一下子就去了好遠好遠的地方……

也許曾經，她也紋了面，也許她也佩戴過羽毛，也許古老老的時間洪流中，她住過土厝，與天地自然相互依存、相互照顧。卻也在被天地自然數次不可控的殘酷考驗中，選擇走向物質文明的現代化，轉而以理性科學的信念護持，用意識之光為人生掌舵，忽略或跳過潛意識的訊息，而逐漸遠離健康完整的自然，同時也遠離生命無可實證的奧祕。

・・・

鳳翎喜歡待在大自然裡，山裡行住坐臥，有時會令人驀然想起往事靈光，像打撈到遺失的珍珠，有些甚至是她不知道自己本來就有的。

就這麼走著，走下去，不為鍛鍊身體強盛、不為證明行路遠長、不求非要抵達哪裡，而就在一段不長不短的旅程中，任生命中各種深邃慢慢浮現——內裡有座黑森林，安靜神祕，高深莫測。她在外在森林間穿行，也在內在黑森林中攀爬，著迷於內外相應的各種變化，偶有觸發，會起雞皮疙瘩。

這些，鳳翎不會跟榮文說。她與榮文分享各種喜樂憂愁，但有些經驗她不會說，即使是最親密的人，她也不知道怎麼說。面對簡明務實的理工男，鳳翎會與他敘說夢境，就像在談一場電影或奇幻卡通。

幾回夢醒，哇啦哇啦跟榮文分享夢，榮文不只一次問，她怎麼都記得？她眨眨眼，跟榮文說：「睡覺醒來的第一瞬間，眼睛先不要打開，先回想一次夢，再慢慢睜開眼睛，就比較容易記起來喔。」

夢像一面鏡子，對鳳翎揭示無所覺察的自己。山裡做的夢，尤其清晰。

不知什麼時候開始，鳳翎習慣記下夢境，老家的筆電裡有一個「夢」的資料夾，裡頭是她數年來的各種夢境。一開始，只是忠實紀錄，慢慢她發現，夢根本是大藝術家，會將她不想面對的東西包裝起來，運用**隱喻**變成各種意象，在意識休眠的夜裡，湧升潛意識，開始做戲。

每部戲的名稱都叫「夢」，劇情荒謬離奇，甚至愚蠢可笑，其中有大量隱喻，多半在醒來後因難以理解而被擱置。鳳翎沒辦法，只能記下來，她深信**夢是人類靈魂深處最溫柔的叮嚀**，就是平常太忙，沒時間好好探究，致使每天醒來，夢都如泡影般湮滅在忙碌裡，就算有重要訊息也無福消受。這些稀奇古怪的影像，總要留下痕跡，有憑有據才有時間咀嚼消化。

慢慢地，鳳翎能讀懂少數夢的語言；慢慢地，她開始**跟夢工作**。她忘了她什麼時候學習跟夢一起工作的，沒有其他對話者，她回應夢的方式就是與夢互動。數算一下，她跟榮文在山裡走了多少日子了？鳳翎數算日子的方式是看**夢的流動**，夜裡的夢會隨旅者進程而有不同的變化。

入山最初一週，她反覆夢到被追殺、逃跑、暗黑水泥房的相關夢境，夢裡混亂焦慮，鳳翎知道自己有許多壓抑閃躲的憂患想像，又或是原生島嶼未處理的矛盾情感，夢要她看見。

隨著旅程日數增長，夢裡不再只有她一人，開始出現夥伴，有時是一位，有時兩、三位，伴隨不同劇情，一夜夜陸續上演，幾乎都是在乎的家人朋友。

一天早晨鳳翎對榮文宣告：「這段時間，我幾乎把重要的親友通通夢過一遍了！」她津津有味發現，潛意識在盤點，一一秀出對她現階段生命具影響力的對象。

「喔。」榮文似懂非懂。

榮文很少做夢，他覺得自己不會做夢。但鳳翎卻信誓旦旦地說絕對不是，他只是不記得夢而已。因為夢對榮文而言不重要，他也沒想理解，畢竟一覺無夢到天亮是優良睡眠品質的保證。

鳳翎兀自邊走邊回顧，夢中那些友人的面孔。從夢裡、到東島實際的生活交集，她探查潛意識的變化如同觀察秋日山林的轉色，並為夢自建的「內視掃描系統」感到讚嘆。夢的氛圍不一樣了，沒有奔逃或追殺，或許是自己慢慢放鬆，比較能適應旅程的節奏了。

要寫的東西變多，除了白天精彩的各種發生，還有夜裡的夢。一天她和榮文遇見第二個火警守望台，走上寬敞的木製平台，眼下一望無際，是心曠神怡的好所在，榮文憑欄眺望，鳳翎則走到平台角落，一屁股坐下，把自己蜷曲成一個球，開始，振筆疾書。

只因前一天的夢太過魔幻，她念念不忘，必須要記下來。豔陽的大風中，她把自己縮小、放空，一直寫，成為一個管道，盡其可能留下各種瑣碎的情境或細節，為夢服務。她不知為何要如此，但她就是如此，並且享受其中。

「好了沒？」榮文開口。鳳翎寫了好一段時間，他身體都冷了。

「再一下就好。」鳳翎回答。她不跟榮文說明為什麼，對榮文而言這沒有差別。但她珍惜榮文的等待，榮文知道書寫對她的重要性，遠超越遼闊的山景本身。

記下**靈魂移動的軌跡**，莫可名狀，以夢之名。

夢裡有歌，她彷彿聽見了久遠的來自心底的鼓聲，不知為何想起家中那張收藏的專輯《人》。

停筆，起身，伸了個大懶腰，「啊——」她發出呻吟，抖抖身體。「好了好了！」鳳翎對靠坐在地上假寐的榮文喊著。

．
．
．

「滌洗！」某日鳳翎腦海中突然閃現出這個語詞，明明沒有洗澡多日，她卻覺愈走愈煥然一新。

「我昨天夢到我在看一場不一樣的星光大道歌唱比賽。」這個早晨，鳳翎邊走邊和榮文說起，前方樹幹上有隻花栗鼠輕巧跳躍，沒入樹梢。

「嗯。」

「我在看最後一場歌唱演出，但不是冠亞軍賽，是集體大合唱！」鳳翎像講故事一樣，細說從頭……

「很奇怪喔，評審們也一反常態都站在台上唱，幾位都唱到掉眼淚。其中有兩位是我認識的女評審，一位是我欣賞的音樂老師，另一位是大學時教本土文學史的教授，我也不知道文學教授怎麼會變成音樂評審，但我對她印象深刻，因為她在台上唱到涕淚縱橫欸！她拼命忍住淚水，又還繼續唱的失控模樣讓我好驚訝。你知道嗎？在大學的課堂上，她的認真和嚴肅可是出了名的！」鳳翎哇啦哇啦講著，通常榮文不會應聲，卻不知為何，與榮文分享夢境就像分享自然風景一樣讓她興奮且投入。

「我不明所以，這最後一場演出，怎麼會這麼讓人感動？就問旁觀者這場歌唱的比賽規定為何？大家是怎麼唱的？有人告訴我，這一次沒有亮燈機制、沒有公開分數，不用當眾評比，每位歌手個人的表演曲目，都是演唱完就自行到評審台前領取評審心得。而最後一場大合唱，只有一個重點，就是『開心唱』！你唱什麼就是什麼，只要開心地盡全力唱同一首歌，就能散播歡樂，造成全場激動的滿堂彩，連評審都不由自主地盛讚且流淚。」鳳翎真心欣賞這個夢設計的表演辦法，無聲補足了她（與眾多孩子）從小被逼著考試奪獎狀的陰影，原來有這樣迷人的歌唱舞台，沒有壓力，盡情盡興。

「醒來以後，我只是很困惑為什麼夢到最後，我都沒被大家的激昂歡騰感染到？問清楚比賽規則後，只有一種：『喔，原來如此！』的恍然，帶著旁觀者清的冷靜。」

「妳的夢都好具體。」榮文終於回應。

對榮文而言，是一場夢。但對鳳翎而言可不只是這樣，她會浸潤、會拆解，甚至影響現實的決定。有聆聽的榮文做見證，足夠了。

這天下午得要繞路，鳳翎走得特別慢，她有感於秋日森林萬紫千紅的繽紛，像為了冬日凋零的簡淨，奮力勃發最後的精彩，某個片刻她引吭高歌，想起那個夢，「**要開心**」，想到重點時她的眼睛亮晶晶，嗓子一開，世界也跟著旋轉。她真心喜歡即興吟唱的時光、喜歡眼前款款搖擺的樹，種種沒能說出口的喜歡的矛盾的有口難言，都化作旋律，如果可以，就散播這些歡唱給森林。

唱完了，去抱一株樹。

放心，不會有人覺得奇怪、不會有人評比歌聲、不會有人說還可以更好，因為現在就是最好的時光。

⋯

噩夢會在無預警的夜晚襲來，醒來時，膽戰心驚。

這個夢鳳翎不陌生，長年來她反覆會夢見類似的黑色夢境，都是在昏暗不明的空間裡遭蛇咬傷，最後要想方設法找到血清。

所以在前一日早上，榮文在路邊發現一條盤成圓形正在睡覺的小響尾蛇，過去在田裡常見蛇的榮文滿心好奇，竟用手杖撥弄牠，小響尾蛇動了動，尚來不及反應，鳳翎卻大發雷霆，她感受到強烈的恐懼，難以接受榮文的行動，她喝斥榮文，快步離開。

那個夜裡，她夢見有人把一堆蛇都塞入塑膠袋，放在桌上，她看見鼓鼓的塑膠袋即將倒下，驚叫要站在桌前的弟弟趕快離開，弟弟離開了，後面小表弟卻歪歪倒倒地走上前想摸蛇，其中一條響尾蛇咬了小表弟，他的臉色從紅潤瞬間刷成慘白。

鳳翎好害怕，抓了小表弟就衝往醫院，時間很趕、又很緊張，急救過程總是磨人。當護理人員將血清注射至小表弟身上時，她才終於心安，與此同時，她的小腿肚卻一陣刺痛，低頭檢查，才發現有蛇的毒牙，毒牙有倒鉤，像鬼的牙齒。她拿起來，毒牙怎麼會遺留在她身上？再看一次傷口，又發現蛇只是乾咬，並沒有注入毒液，但鳳翎卻對那瞬間的劇痛印象深刻……

夢醒，驚恐莫名，整個白日，鳳翎都不敢到草叢中上廁所，明知恐懼是空，但沒有辦法，她一直憋到山屋才去廁所。

鳳翎怕蛇，為此她研讀各種有關蛇的正面訊息。比如東島有古老崇拜蛇的神話，創生人類的母親即為人頭蛇身；西方帝國有四方動物，其中蛇為重生和蛻變的南方，代表醫藥之門；大陸的神聖經典中，蛇曾被曲解為危險誘惑和欲望的象徵，而今被更正為智慧的使者。

鳳翎沒意識到，她始終無法處理成為受害者的恐懼，渾然未覺那加害的對象可能出於自己投射或誤判，於是幻化為各種被蛇驚嚇的夢魘。噩夢是幽默的老師，蛇化為恐懼的代言者，纏繞追咬都是提醒，只要理性判斷就能帶領她回歸現實本身。

鳳翎遂發現，引起她憤怒的對象，不是逗弄小蛇的榮文，而是驚恐莫名怕被攻擊的自己。但氣榮文比較簡單，罵他就對了，這樣就不用為自己負責了。那無濟於事，與其氣榮文玩蛇，不如好好安撫自己的驚嚇，學會疼惜——擁抱自己。

一場一場的夢，是一次又一次的滌洗，鳳翎因此更靠近自己，她想起自己的名：**靈鳥振翅，浴火重生**。每當她感覺孤單困惑，就浸潤在泥土、森林、星星與火間，天地不語，她不會得到答案，也不用追根究柢，但孤單困惑會慢慢消散。比起具體漫長的山徑，這條向內行走的道路更加艱困，鳳翎也不急，她喜歡讀夢、喜歡嘗夢，就這樣一個人走著，走久了，沒有路也會有路。

島歌

從未預想過的機運翩然降臨，讓人不禁懷疑：「怎麼可能？」
但就是發生了。

是個溫暖的夜。

鳳翎抬頭，想找星星，但沒有，眼前的火太熱烈，她看不到星星，只得看向人群。

「這裡什麼都大。」她想起湯姆先生說的。火生得很大，鳳翎卻不討厭，只因集體的火，是這趟旅程中第一次參與。

・・・

以為他們不會加入什麼大團體的場子，因未能流暢使用當地語言，也是榮文孤僻的性格使然。鳳翎雖活潑熱情，卻偏好與少少幾個人深入交流，人多的聚會容易分散焦點，流於蜻蜓點水，她反而不知要從誰開始認識起。

於是這兩人，走了這麼久，始終也就是兩個人。若遇到人多的場合，第一個反應是拉開距離，找一處幽靜的角落過夜對他倆來說並非難事。

但今天沒辦法，今天就是人多。

山屋位置因距城鎮不遠，包含周邊營地，都是假日上山的遊客。就近有三十個孩子在學校的安排下來到這裡，學習搭帳野炊。還有不少旅人散落各處，處處可見營帳。

這下住哪好呢？山屋必然有人，那可是三層樓高的木造建築，既然來了，何妨參觀一下？

誰知，偌大的山屋只有一組人馬。那八人來自同一個行者俱樂部，年紀三十到五十不等，週末相約上山散步，分據一、二樓。榮文還在外頭尋覓營地呢，鳳翎卻已爬上山屋三樓，發現小閣樓空空蕩蕩，低矮卻別具風情，她咚咚跑下樓找到榮文，拉著他說，今晚就住三樓吧！

於是與那八人成為室友。夜裡，聚首在木屋前的火圈。榮文慢熟，坐在火光照耀不到的地方沉默煮食；天冷，鳳翎搬了木頭坐到火邊取暖。八人將火生得很大，誰叫今天是強烈大陸冷氣團來襲最寒冷的一夜。鳳翎因此覺得沒那麼冷了，她感覺新鮮，這些人讓她想起東島的夥伴，雖說八人之中只有一個女性。

不知誰先打開了話匣子，他們閒聊中提到海瓦西小鎮——「海瓦西」三個字噹噹噹像金幣一樣掉下來。聽到關鍵字，鳳翎不顧一切打破沉默，問起對方海瓦西的民情，聽說那是個老人鎮？

得到了回應：是呀，那是一個特別的地方。

「請問你們之中，有誰住在海瓦西或回程會經過海瓦西嗎？我們即將下山補給，正要去海瓦西。」還不認識，鳳翎就開口詢問。這裡有八個人，就有八種可能。會有人……從那個方向來嗎？

現場安靜了三十秒，那三十秒的靜默中，後方的榮文也等待著命運揭曉。

「我會去，可以載你們一程。」一位年紀稍長的大哥回答。

「天啊，超級感謝！」好運降臨？鳳翎像做夢般不可置信。還沒走到馬路上伸出大拇指，就有人願意載他們一程，還有什麼消息比這更令人振奮的！

榮文不知什麼時候靠近火堆，主動為火添柴。他直接以行動表達親善，讓鳳翎莞爾一笑。

也許，融入一個群體並不難。

抬頭，沒有星星，這天是滿月。在老家，當秋天走到一半的月圓之日，就是**中秋**，東島三大節日之一，正是與家人朋友相聚烤火的日子。

「要吃爆米花嗎？」其中一位男士詢問鳳翎，鳳翎像聽到什麼不可思議的消息，呆愣了一下，隨後轉頭看向榮文，喃喃：「爆米花欸……」

榮文看似不動聲色，但他的眼睛在笑。兩天前他在路途中提及好想吃爆米花，還被鳳翎笑幼稚。因為每到中秋，若不烤肉，就是要烤爆米花或棉花糖啊！

鳳翎不當一回事，榮文兀自在心裡遺憾與想念。山裡行走的日子，豈止是爆米花，背包裡的糧食要省著吃，不會有任何娛樂用途的食物。但現在，爆米花被送到眼前，不費吹灰之力。

那位男士從對面走來，可不是嗎？他手上拿的正是可安全爆米花的鋁箔盤，那產品一般大賣場都找得到，燒烤時，能輕鬆聽見玉米粒爆開的聲響，嗶嗶剝剝、嗶嗶剝剝，聽來就是歡快。

鳳翎指著榮文，跟那位男士說：「你怎麼會知道他想吃爆米花想很久了？」那位男士聳聳肩笑了。

一切生疏在短短的三兩句之間就開始消融，鳳翎還反應不過來，她不相信怎麼有一連串好事發生。怎麼會，只是說出願望，天上就掉下來想要的禮物？互不相識，就一起圍火作伴？走到這麼遠，月圓之夜，團聚之時，身處異鄉的他們，憑什麼有被人情包圍的理由？

是過去太自力更生、對外也相對封閉，兩人努力建構鞏固他們所認知的世界，摒除其他可能，而忽略了隨機的豐盛，以至於走入開放的群體後，一時間鳳翎應接不暇於繽紛的人情。

榮文的小小願望在眾人圍火的夜晚自然而然地圓滿了，爆米花很香，拿起來燒燙燙的，那是跨越海洋的流動。榮文甚至喝了一點小酒，是甜的威士忌。

鳳翎瞪大雙眼，老天，榮文幾乎不喝酒，更別說是其他人給的酒，她真是大開眼界！

八個人超乎想像地對黃皮膚的鳳翎和榮文感興趣，圍著遙遠東方島嶼來的年輕小夫妻，開始提問。

「為什麼要來？」火光跳耀，閃動著夜裡多雙眼睛，鳳翎根本看不清提問的人是誰，每個人都成為一個光裡的影子。

「沒太多原因，就知道要來。」鳳翎回答。

「這麼長的旅程，你們計畫了多久才上路？」又一個不同的聲音從夜裡跳出來，鳳翎只知道聲音的方向，她看不清對方的臉。

「邊走邊計畫。」換榮文開口了。

「其實沒有明確計畫。」鳳翎坦承。

一共撥出來的時間是九十個月亮和太陽，走到哪裡算哪裡，他們並不打算把全程走完，最初到西方大陸來，是鳳翎的老友小雪接應，旅途最後，也會再返回小雪家休息重整，再回東島。

對行者俱樂部的八人而言，這兩個東方人太奇怪了，來「阿帕拉契」的旅人，多為「完成」而走，這對伴侶卻不然。

「你們回去以後，哪一天還會想再來走其他未完成的路段嗎？」某角落一位男士冒出問題。

「不會。」榮文如是說，帶著悶笑。

「……十年後再說吧！」鳳翎眨眨眼。這些問題她還沒想過，當下被問及總是一愣。

那是什麼樣的感覺？成為彼端好奇的對象。畢竟跨越千山萬水，短暫告別家鄉，到陌生野地行腳，對在地的八位朋友而言，不啻是一個刺激。因所選擇的行動充滿不確定性也不無風險，而令大家群集關注。

「東島是什麼樣的地方啊？」

「你們在東島，做什麼工作呢？」

「東島的山，和這裡有什麼不同？」

問題連番而來，回答需要思考，卻不知為何，鳳翎愈發有興致回應，像地底蟄伏一冬的種子，瞬間要破土發芽那樣充滿生機。才發現她和榮文，好像很久很久，沒有和人群對話了。

「這樣吧，我唱一首東島的歌給大家聽，如何？」不知哪來的衝動，鳳翎想起自己近來喜歡的一首歌，她從歌中習得老家的傳統曲調，有時說再多也不如一首歌能傳達在地的韻味，不如用唱的吧！

八個人，瞬間都安靜了。榮文坐在一旁，嘴角揚起。

鳳翎有點不安，她知道，這裡沒有任何人能聽懂她的母語（包含榮文）。她只能拙劣地簡單介紹，這是一首關於故鄉與孩子的歌，歌裡有山、有風、有大樹。

「也關於回憶。」榮文說。

鳳翎心底暗自震驚不已。榮文知道她要唱什麼，主動補充？什麼時候他融於集體之中，不再是局外人的？表面不動聲色，鳳翎無暇深究，因為她要開口清唱了，那首她在家園田邊騎車時會放聲高唱的歌：

麼人在該唱　（誰在那裡唱）
微風跳舞个大樹下　（微風跳舞的大樹下）
麼人在該唱　（誰在那裡唱）
日頭紅紅个臨暗　（夕陽紅紅的黃昏）
麼人在該唱　（誰在那裡唱）
該條鬧連連个山歌　（那首鬧連連的山歌）
麼人在該唱　（誰在那裡唱）
唱到遠方个𠊎　面頰鹹鹹　（唱得遠方的我　臉頰滿是淚水）

鳳翎經常唱歌，卻鮮少在人前唱，她多少會緊張，但她想唱，唱給被驅散的寒冷、唱給滿是驚奇的爆米花、唱給圓圓的月亮、唱給火光閃耀的眾人。旅途中第一次，她對著眾人歌唱，只盼聲音像天上的月光，帶給眾人溫柔的力量，傳遞家鄉的氣息。

咿呀喔嗨呀　嗨呀　咿呀哪哎喲　得喲
咿呀喔嗨呀　嗨呀　咿呀哪哎喲　得喲

聲音闢出了一條小小的時光甬道，鳳翎一段時間沒唱這首歌了，然而每次唱，都會不小心拉出血液裡流轉的密碼，母語會傳喚，某些她自己遺忘許久的東西。火光好像更亮了，傳統曲調要出來了，鳳翎蓄勢著，那祖祖輩輩曾在山間傳唱的，關於精煉的質樸：

山歌唱來　心就開
大樹生根　故鄉泥

歌詞短短，吟唱卻很長。鳳翎莫名起了雞皮疙瘩，像驀地打通什麼，又說不上是什麼。只覺聲音愈來愈嘹亮，好似不是自己的，和眼前的火光一同閃耀。

多好，能在山裡唱山歌，給西方古大陸的森林、的人民，以此表達她心愛東島的一部分。

一時間沒有人說話，柴火劈里啪啦作響，突然之間好安靜。

「謝謝。」有人說。

「這首歌網路上找得到嗎？」有人說。

「歌詞的意思是什麼呢？」有人說。

鳳翎突然意會到，這個晚上的焦點似乎從她與榮文，移轉至兩人來自的地域：遙遠的東方島嶼。事實上，這不是主流歌曲，聽過的人不多，對她而言，歌曲的魅力在於年輕歌手拾回母文化的語言，結合自己的經驗，持續創造的生命力。

她記得，這首歌之所以特別觸動她，除了傳統曲調的翻新，還有成歌背後的故事。那是一個瘋狂的颱風，引來島嶼南方的大水，許多人被迫連夜離開家園，那一夜山林崩毀、鳥獸俱散，有一個村子，甚至因為這樣在一夕之間就遭土石掩埋而消失了。而那一個消失的村子，不偏不倚，是鳳翎祖母原鄉的族人。若不是這樣，鳳翎也許永遠不會真切地對母文化的失憶感到疼痛，即使祖母已不在，即使祖母在世時從未提及她是原住民族的祕密身世。

這首歌，受這場颱風的震撼而寫，歌中有家、有想念，傳統像掉了線的珍珠，歌手重新將它一顆顆拾起，串成項鍊。

受限於語言能力，鳳翎盡其所能敘說這些深沉，歌教導她，人們能從疼痛中長出力量。她在學唱這首歌的過程中，打開了自己真正的聲音，有一天，就會唱了，像找到自己名字一樣地踏實。

山歌唱來　心就開
大樹生根　故鄉泥

對面那金髮女子，請鳳翎教她幾個單詞的發音，並隨鳳翎的口音模仿著「山歌」、「心」、「大樹」、「泥」……，隨後金髮女子問得更細，她抬頭，指指天空中圓盤也似的鏡子，問：「這個，用你們的語言怎麼說？」

「喔，我們的語言很多，妳說哪一種？」鳳翎微笑。

東島語言豐繁多元，除東島語為官方語言，她有她的母語、榮文也有榮文的母語。（而她自始至終，仍不會她祖母的母語。）

「妳剛剛唱歌的語言。」金髮女子說。

「月、光。」鳳翎微笑，想不到她會在這裡，對一群西方人讀著母語命名的各種自然。

「約、廣……」金髮女子模仿著讀音。

鳳翎笑了，名字只是背誦，重要的是了解其**存在的力量**。

「啊，我曾去東方另外一座島嶼旅行，那座島離你們的島很近，島上的人曾告訴我一個『約廣』裡住著兔子的故事，但我有點忘了，你們也相信『約廣』裡有兔子嗎？可以告訴我兔子是怎麼跑到『約廣』裡去的嗎？」金髮女子興沖沖，惹來旁人一陣笑聲，說這傢伙又來了。

果真是中秋，真應景。鳳翎靠近榮文耳畔，悄聲：「欸，月兔是怎麼到月亮上的啊？跟著嫦娥嗎？」榮文回看她一眼，意思是，怎麼會輪到問他呢？

鳳翎低頭細想，這東方古老的神話，小時候聽過，但細節全忘了……不知為何，長大也不曾想要重拾或探究。走到頭來，才發現自己老早扔了這些傳說的鑰匙。越渡重洋，逢人提問，才赫然發現自己所知只剩碎片。

遺忘的，可能比自己所以為的還要更多。

「請妳把電子信箱給我，下山以後，我寫信跟妳說好嗎？」意識到自己無知，鳳翎主動要求與金髮女子繼續聯繫的可能。

這個夜充滿東方朦朧的色彩，面對種種友善與好奇，他們是誰、從哪裡來、那裡是否有傳說、故事內容是什麼……更多關鍵的描述，不會一次又一次地被提煉、被檢視、被呵護。其實，提問者不是非要得到答案不可，但鳳翎在乎，這些過去她未認真看待的，在西方古大陸的旅程中，一一被點亮、擦拭了。

・・・

把這晚的相遇寫下，寫著寫著，天就亮了，小閣樓的窗口透著旭日紅光，森林光影閃動，鳳翎瞥眼就能看見。

與其他七人告別，揮揮手，坐上那位大哥開的轎車，一路上，大哥和榮文一樣沉默，畢竟他是八人之中看來最嚴肅的一位。但事情不能只看表面，因為大哥不是送他們到海瓦西小鎮就離開，而像個老爸爸，帶他們四處找旅店，一間週日沒開門，就換另一間，並堅持陪他們到櫃檯詢問，直到確定榮文和鳳翎有房間入住，大哥才放心。

道別前，鳳翎與大哥擁抱，明白了一件事：就算不知道名字也沒關係，她已觸碰到此人**存在的力量**，認識了他一部分的靈魂，並深深記住了，就像昨夜的火光。

大哥離開旅店，開車離去。榮文眼尖發現，那位大哥倒車迴轉，開原路的方向回去，他想，也許大哥並非剛好要來海瓦西，而是專程送他們來的。

那麼，請靜候我們老去

如果老到還走得動，

能選擇住在哪裡、跟誰一起過節、定期檢查身體、相約共進早餐……

生命，有滄桑也有豁達。

海瓦西小鎮最令人印象深刻的，是居民。

陽光穿透樹林的早晨，榮文和鳳翎沿緩坡的街道行走，前方不遠處看見一個人正從坡面上騎單車滑下來，他配備齊全，鮮紅色的車衣顯眼極，紅白相間的安全帽下配戴著一副黑色墨鏡，精瘦的身形充滿力量，與這陽光灑落的早晨完全相襯。幾步之遙，鳳翎幾乎要開口道早安，目不轉睛地盯著那人，待他滑溜下來經過身邊，才看清那人一點也不年輕，竟是位老先生！花白的頭髮與鬍子，帶著一股颯爽的神情和歷經世事的氣韻。

不過幾秒鐘，他已滑過身側順著路面蜿蜒而去，消失在視線中。

「帥氣！」榮文情不自禁脫口而出。

鳳翎望著他背影遠去的方向，說不出話來。那是位老人家？如此充滿朝氣？

這是海瓦西小鎮給他倆的見面禮。

・・・

早餐店內，放眼所見都是老人，鳳翎與榮文仍在適應，果然是名不虛傳的老人鎮。店裡並不安靜，相反地，家常且熱鬧非凡。榮文還在看菜單，店門又被推開，走進七、八位老人家，像年輕人一樣群聚，一邊嬉笑怒罵、一邊走到某張大桌前，其熟悉感就像這聚會多常發生似的……

鳳翎看了他們好半晌，歪著頭，覺得自己像在看一部超齡的電影。東島老家的祖輩從未那麼活潑，她難以想像祖父母神采飛揚地外出跟其他朋友吃飯，原來老人家也可以。

服務生來了，也是位老太太，圓胖的身軀綁了圍裙，頭巾裡的頭髮一樣花白，扶著老花眼鏡詢問他們要點什麼。

鳳翎和榮文真開了眼界，這到底是個什麼地方？七旬老者不在家裡安養天年，走出來服務大眾，持續親近社會，怎麼會有這種選擇？鳳翎真想問她為什麼這把年紀了還在這裡工作？是出於自身選擇還是迫於現實？但她不敢。

「這裡有……歐姆蛋嗎？」鳳翎問。

「呵呵呵，只有煎蛋跟炒蛋！」服務生回應。

藉由點餐互動，鳳翎感受到這老太太的練達自在，以身作則告訴她生命的諸多面相，只是長幼有序的東方倫理令鳳翎始終感覺顛倒錯置，該是老人家在座位上吃飯，由她來服務才對。榮文沉默觀察，點了一個漢堡套餐。老太太闔上菜單，為他倆倒了杯水離去。

鳳翎做過服務生，她知道那需要體力，在餐廳內跑來跑去，要張羅、要招呼、腦筋還要很靈光，記得客人各種不同需求或哪一桌又要加點。當她親臨現場，看到周遭九成以上都是老人，連服務生也是，不得不開始想像，自己老了以後，會是什麼樣子？

「他們……好有活力啊！」鳳翎向榮文低呼，她震驚的眼和早晨看到那位單車騎士時的反應如出一轍。

「嗯。」

年輕的面孔在這裡成為少數，不論他們坐多久，進進出出都是老者，三兩或成群。鄰近大桌群集的老人聚會相當熱絡，不知為何令鳳翎想起中學同學，她一直以為隨年齡增長會有不同的人生階段，青春過了就掰，從不知老了也可以翻新。這回，榮文與鳳翎對餐點內容失去注意力，焦點移轉至共餐的在地居民身上。

只因在東方，「老」是遲暮之年，方方面面都向下走的同時，能含飴弄孫是福氣，鄉下種菜也要有條件，不然，矜寡孤獨者，所在多有。

孱弱遲緩是老者予人的印象，他們或帶孫、或獨居、或生病需要照護，即使公園可見老人家運動，也是為健身，並非發自內心喜愛而享受。向晚時分，老人家由看護或晚輩推著輪椅外出散步是日常，這畫面東島人絕不陌生，在海瓦西小鎮，卻幾乎見不到。

正因為老，更有資格放手。能快活的時候要快活，不浪費生命的每一刻。與其說喜歡在這裡吃早餐，不如說著迷這裡的早餐氛圍。瞧，右前方一桌來了四位老先生，正喝著美式咖啡閒聊，誰說男人不會相約吃早餐？

隔壁一對老夫妻，老婦人很美，一身裙裝還戴了耳環。倒也不是人人正式，就有阿伯穿著家居服和拖鞋輕輕鬆鬆進來，彷彿他家就在早餐店隔壁。這裡看不到小孩，老人不帶孫，每個人都有獨立性，自主安排生活是重要的事。

一個再尋常不過的早晨，鳳翎看見晚年無限風華。不只是山，市鎮的存在也對他們揭示活著的一百種可能。若非如此穿梭，一會兒自然一會兒文明、一會兒西方一會兒東方、一會兒向外看一會向內走，旅程不會如此豐富。

鳳翎時不時盯著那七、八個老人的大桌，他們相互調侃的調皮面容令她忍俊不住。她想念她的祖母，祖母一生為家庭奉獻，晚年委屈忍抑病痛就怕造成子女負擔，直至臨終都捨不下家人，她從未見祖母大笑過；也想念早逝的外公，外公一直努力工作看似身強體健，就是抗壓性太強，有一天忽然倒下，這一進醫院，就沒再出來了。

在海瓦西，這麼多形形色色的爺爺奶奶，聽說他們如候鳥般依季節遷徙，夏秋在這裡度過，冬日感恩節到來以前，會遷至南方的海邊過冬。不用知曉過往，無須人生縮影，這些老人的聲量、的神情，已共同織就一張斑斕大網，讓鳳翎和榮文雙雙見證，「老」會因豐富的生命經驗以及對自身的了解，而更有條件精心安排每一天，持續熱愛生活。

有一天若老了，選一個合適的地方居住，與鄰居相約吃早餐、喝午茶、品小酒，建立自己的生活圈，無須仰賴兒女，生命一樣精彩可期。

「等我們老了，也能像他們一樣嗎？」鳳翎不禁問對面的榮文。榮文抿了一下嘴，沒有說話。

離開早餐店時，櫃檯裡負責結帳的是位白髮蒼蒼的老伯父，這回兩人已見怪不怪，與櫃檯老伯頷首，老伯微笑揮手，眼角的魚尾紋壓得好深。

．．．

海瓦西大街上，顯著的地標不是購物百貨或超市，是醫院。奇怪的是，醫院雖多，卻不令人戒慎憂懼。

此外，不同以往城鎮補給經驗，這裡有不少二手雜貨鋪。果然是老人鎮，不僅愛物惜物，也花時間修復古董，店鋪多的是田園風情的小玩意。不過隨意走進其中一家二手店，鳳翎就知道完蛋了，這條街她一定會玩很久！可惜榮文不那麼感興趣，兩人說好分開走闖，榮文一個轉身，就去尋覓超市。

沒有後顧之憂，鳳翎一人悠悠晃蕩了起來。

她喜歡老的事物，特別是有歲月痕跡仍被重複使用的東西，若手工修補的痕跡有巧思，使舊東西更彰顯新生命，鳳翎會端詳許久，讚嘆不已。那些鋁製澆花器、雕花瓷壺、炭烤火盆、精油蠟燭、手織毛線帽……一不小心就洩漏生活的細細碎碎，稱不上工藝精美，卻親切自然。這些富底蘊的物件，山徑上沒有，觀光景點也難尋，得遇見有手感的小鎮才行。

海瓦西以老人為主體，雜貨鋪比選物店更吸引人，鳳翎在店與店之間流連忘返，像無意間掉入一條通往大片田園的時光隧道，一個瓷杯、一把乾燥花束，都帶她走入無邊想像，洗淨鉛華，每個物件都擁有自己的故事。唯老闆娘的大嗓門會拉她回到現實世界，她會失笑，老闆娘還真有活力啊！

一路透過山林自然與相逢的旅人認識世界，卻未曾透過小鎮居民的生活物件去體察周遭，每間店擺設陳放的東西反應了主人的喜好與品味，老式明信片、雅致的音樂盒、古典燈飾、還有刻花的鍊墜，鳳翎拾起一條駝色的手織圍巾，圍巾細長，尾端有朵玫瑰花，這是哪位老婦人織的？她織給了誰？織的時候在想什麼呢？

鳳翎欣賞這份溫暖，她知道如果買了就要一路背到底，她願意。走逛到最後，買下一條駝色手織長圍巾，以及兩張老式明信片——一張寄給老派的史奇伯，他不知走到哪了？是否完成了「阿帕拉契」全程？一張寄給湯姆先生，他八成在電腦前認分工作，若收到他會很高興吧。

好長一段時間沒這麼獨處了，真喜歡跟自己在一起。

與此同時，榮文已結束在超市悠然自得的採購晃蕩，獨自回旅館睡大覺了。

拎著小禮物，鳳翎行經郵局前的小涼亭，坐下看高大的行道樹，她欣賞樹蔭下細碎閃動的點點晶亮——有黑影，光才會美；就像有漫長的行走，短暫的休憩才彌足珍貴。似乎因獨自一人，每時每刻都能細細品嘗，連走斑馬線都覺得好生滿足。

中間一度搞錯方向，弄不清楚旅館的位置，只好向家屋前坐搖椅聊天的兩位老奶奶問路，老奶奶伸手指引，慈藹的眼神與口吻，讓她發現她有許許多多不認識的祖母在這裡。

「社會是搖籃，讓我們放心去追尋與實踐內在的渴望。」坐在路邊，鳳翎寫下。

「老與少是一體的，個人與社會是一體的，人與大自然是一體的。全部的生命，都締結交織在一起，無論走到哪裡，都不會孤獨，都是緊緊相扣的圓，分離或崩解都是考驗，只要不忘記源頭，我從未不完整過。」

她感到幸福，沒有迷路的理由。

・・・

夜裡，榮文微波超市的紅酒燉牛肉飯，冰箱裡取出起司蛋糕；鳳翎洗了葡萄、倒了紅茶，兩人將椅子搬到同一側，小圓桌前就定位，打開迷你平板電腦，從影視播放軟體中找到一部東島的電影。

看電影這提議，是榮文提的。

鳳翎知道，如果不是那烤爆米花的中秋夜，他們不會在此時看東島相關的電影，關於遷村、關於失去、關於重生。

在滾滾洪水的面前，只覺得人是那麼渺小，自然的生猛令人畏懼，也因此激發出強韌的生存意志而有再生的勁道。兩人看得入迷，一度渾然忘記這裡是西方古大陸，只是一個勁兒隨電影場景回到東島熟悉的南方、破碎的南方、重建的南方、生機盎然的南方。

家園是什麼，鳳翎慢慢明白。

徘徊在東島的匱乏與仰望中，直到劇終後去洗澡，鳳翎都在蓮蓬頭下兀自唱著那歌：

麼人在該唱
微風跳舞个大樹下
麼人在該唱
日頭紅紅个臨暗
麼人在該唱
該條鬧連連个山歌
麼人在該唱
唱到遠方个偓　面頰鹹鹹

熱水淋洗讓她抒心，往事像蓮蓬頭一樣流洩。當年那一個狂暴的颱風夜，她與父親大吵了一架，吵什麼早已忘了，只記得哭到無法呼吸，當時她還看著窗外想著，外頭不停歇的暴雨真應和了她的慘烈，渾然不知這場大水將令東島付出多少代價。

若不是失去這麼多，棒喝了還活著的人，她不會開始追尋祖母的故事，揭開祖母的身世就像揭開自己與父親的，遂發現曾祖母和高祖母能行巫，遠離了部落，在不同族群的聚落中仍持續替人治病的既往。

她靜默地明白了自己與自然相親的一切。

也許那一場風災水患毀去太多，也許是那一場風災水患重整了所有。

老天，她該怎麼提筆，寫下這些發成電子郵件給那位山裡想知道更多的金髮女人呢？鳳翎還惦記著。是那群人送她與榮文來到這裡，重溫一部東島電影。

啊，還有月亮上的兔子！

一個甩頭，水珠子四濺，浴室裡蒸氣朦朧，行走多日的身體在熱水的沖洗下逐漸放鬆，每一次都讓人清醒。鳳翎哼著歌，想著成長歲月、想著未來、想著旅途、想著東島的一切，她不只唱同一首歌了，她輪番唱著老家不同年代的各種歌曲，從母語歌到民謠、從老歌到流行歌，歌聲比水聲更大聲。

真好，在西方古大陸的角落，大聲唱著自己的歌。她想起午後燦爛陽光下那位指引她方向的老奶奶，記得那樣的溫暖慈愛。

晚輩的任務，是**傳承**。每個人都有無數個當下可以創造、可以改變，這當下的每一個作為，都在堆疊共同的未來。

走出洗澡間，榮文已經睡了。鳳翎點開螢幕，開始打字，寫一封給金髮女人的郵件，彷彿她已經在海瓦西生活了很久很久，學習熟成，也學習老去。

造路者

手作一條步道跟手織一條圍巾，是不是一樣的道理？

鳳翎有個學姊，也喜歡山，和鳳翎不同，學姊到山裡多半是工作，而非單純旅行。

多年前，學姊就遠渡重洋來過西方古老大陸，參與山間步道的建置，她在阿帕拉契山徑上待上好幾個月，埋頭工作，與當地人學習如何打造一條切合時地、舒適宜人的山徑。關於大石頭怎麼搬、倒木如何裁切、排水溝怎麼設計、材料如何堆疊，鳳翎聽得一愣一愣，可以想像、又難以想像。

入山有多種動力，有人只是走走、有人卻是造路；有人成為行者、有人建造行者方便的生活。

鳳翎總覺得，學姊看得比她更遠。

「那是……什麼感覺？」那時鳳翎問學姊，初次聽聞「手作步道」這個詞。

「就是……很累！」學姊笑了。

彼時學姊剛擬好計畫將遠赴西方古大陸學習，當時她們都不知道學姊歸來後，會將所學饋予東島，與夥伴召集一群又一群的人，帶領東島堂堂走入手作步道的時代。

鳳翎不是學姊，她佩服山間造路者，笨手如她沒有造路的熱忱，但一種莫可明說的動力就此無由而生，她想像有一群人，不定期來到山裡，整理風雨過後的環境，重新挖出水走的渠道、調整人走的小徑，完整入山通道。然後，就會有另外一群人，到這裡步行，進行漫長的旅程，藉以認識世界、完整自身。若不是人們以身體勞動支持維護著山徑，「阿帕拉契」不會如咒語般傳遍五湖四海。

老實說，鳳翎萌生來這裡走一遭的念頭，多年前便已埋下。除了學姊，還有小雪。

許久未見的小雪，自東島遠嫁他鄉後就沒了音訊，當年四處走闖的鳳翎在異地結識小雪，兩人共遊一段時間，其後小雪結婚離開東島，至西方古大陸與伴侶一起生活，兩人便沒了交集。

幾個月前，鳳翎在網路上驚喜地收到小雪的問候，她提及近況，鳳翎便在讀小雪來訊時，赫然發現小雪家不遠的山區，屬「阿帕拉契」範疇的一部分。這奇異的重疊，促使鳳翎邀約榮文，來走一趟當年學姊口中的遠方，那條漫漫山路，是不是，真的滿載理想？也探望久未謀面的小雪，她好不好？會不會想念東島？

生命若沒有重重相逢，加以實踐堆疊，鳳翎與榮文不會在這裡，一步一腳印地，步上屬於他們自己的，也包含他人影響的生命道路。

・・・

深秋了。

在東島，深秋不明顯；在西方古大陸，山谷裡每一片落葉競相預告著冬日的到來。離枝落地前的每一分一秒，都在呼喊生命的珍貴。山裡走久了，習慣了肩上的重量，鳳翎愈來愈常抬頭，看望頂上萬紫千紅的樹冠層，看望它們一日一日如何變得更紅豔、更繽紛。要常常抬頭才行，這些日子森林的轉色太快了，稍不留神，就會錯過深秋的容顏。

「好紅喔喔喔喔喔——」停留在一處展望點，鳳翎盯著對面的山林大叫。

「山變乾了。」榮文說。

鳳翎睨了榮文一眼，他好無趣，如此美輪美奐的風景，在他眼裡卻只有乾溼度的差別。

空氣漸形乾燥，無雨的午後，他們遇到一組人馬擋在山徑中間，喔不，他們不是有意擋路的，那是一群工人，人人戴著黃色頭盔，手拿工具，彎腰勞動，正在整理環境。

該不會，遇到當年學姊心心念念的風景了吧？「手作步道……」鳳翎默唸多年前習得的關鍵名詞。

榮文停步，留意到施工者並沒有大型機具協助，無論鋸倒木或是挖溝渠，都是徒手。就他的理解，這樣的施工過程會異常緩慢，其中一個白鬍子老叔正和另一位小哥合力徒手鋸一棵倒木，那樹幹很粗，榮文懷疑這要鋸到幾時？

「你們好！」鳳翎神采奕奕，主動向勞動者打招呼。

「你好。」那位白鬍子老叔停下手邊工作，直起身子，看向鳳翎和榮文，「喔，你們從哪裡來？」面對東方面孔，老叔不無好奇。

短暫交流一番，果然，這群人不是普通的工人，是自主排班來整理步道的志工。鳳翎想起學姊，有股奇異的熟悉感，彷彿自己也認識這班人似的：「我們來自東島！」

旅人必須不厭其煩，反覆回答自己來自何方。原生地於是在這重複的回應間逐漸清晰，回答時是自信、自卑抑或無感，全都會在一瞬之間現形。

「東島？啊！多年前，有一位女生，和我們一起工作，我記得，她也來自東島。」一位正在擦汗的阿姨像想起什麼重要夥伴似的，口語霎時充滿溫度。

鳳翎與榮文對看一眼，榮文低聲和鳳翎說：「妳認識。」鳳翎知道，她只是不解，生命何其奧妙，歲月流轉幾多年，最後以這樣的形式交疊。她不過是朝自己所想努力前行，事實上也不是很有把握，但只要這麼想著，而對方也這麼想著前進著的話，最後就會有**巧合**發生。

「謝謝你們為了走這一條路，從那麼遠的地方來。」阿姨將手心貼到胸口，微笑。

鳳翎才要感謝，怎麼會有人不留在家裡放假，志願來到山裡修路呢？看阿姨年紀也不小了，還搬那麼重的石頭，這是什麼道理？

巧合不是偶然，偶然是渴望堆疊的必然。只是當這一刻發生，鳳翎仍會恍神，悄悄懂了，**抵達幸運其實有途徑**。

她想起學姊的身影，談及手作步道專注投入的眼神，加以現在眼前鋸木挖溝的工作身影，手持工具與黃色頭盔是山徑志工的制服，他們不行旅、不爬山，他們維修與創造，以工作的方式熟悉山林，評估石頭大小、判斷樹幹朝哪個方向倒下、研判溪溝走向、測量坡地斜度，他們花時間，慢慢去摸索，用身體力行連結環境。

阿姨說，這裡屬國家森林保護區，為了不影響環境，因此不用機具，只能徒手施工，進度雖緩慢，但大家都接受。因不求效率，換來安靜的工作品質與如常的森林，一切都，很值得。

鳳翎對阿姨心生敬意，東島人一向心急，施工注重有形的成效，眼見為憑，這裡維修步道的態度簡單卻寓意深刻，和東島不同，無怪乎各路人馬前仆後繼陸續來這裡朝聖或見習，學姊只是其一。

作一個山徑的使用者，遇上一群山徑的守護者，兩邊的對話能促進對山徑的認識，當人類的力量介入自然，有意識地成立組織，編制志工輪班來管理維護，鳳翎不得不佩服這樣的自發性。如此走起路來，會更珍惜腳下的每一步，沒什麼理所當然的事。

榮文仔細觀察志工們正在進行的環節，若不是親眼所見，他想不到在山裡工作必須徒手鋸大木，不用電鋸太令人意外。因為有鳳翎在，愛與人交流的她，能讓他靜聽對方各種回應，這是他了解周遭訊息的憑藉之一，他樂於傾聽與觀察。因一路走來的山徑融合於環境居多，除了排水溝，不仔細觀察其實看不出明顯人力作為，路徑的原始天然其實是人為有心打造，這令他精神一振。

鳳翎拍下志工工作的照片，默默決定回頭要寄給學姊。她還不知道學姊收到信後會即刻回覆：「真想念，多年不見老叔，他鬍子都白了！」

想起背包裡那條她在海瓦西買的手織圍巾，想著，**手作**真是一條緩慢而值得的道路。手作步道和手織圍巾，其實是一樣的道理，反覆編織、勾來繞去，終能織就一條長長的成品，抵達豐美的彼岸。

・・・

隔日，山徑上走著走著，在一段Z字型下坡的腰繞路上，鳳翎和榮文與一對老夫婦擦肩而過一瞬，老婦人停步叫住他倆。

「真高興遇見你們！」老婦人跟鳳翎說，神清氣爽，語氣不無驚喜。

鳳翎還一頭霧水，榮文已識出這是昨日山徑上工作的那位阿姨。

「昨天妳才拍下他們……」榮文小聲跟鳳翎說。

鳳翎定睛細看，才驚覺眼前穿著休閒服的老婦，正是昨日摘眼鏡擦汗的阿姨！

她身旁站著的人，難道是昨日鋸木頭的老叔嗎？這回他們沒頭盔也沒工作手套，一身休閒，幾乎認不出來了！

「老天，你們看起來完全不一樣！」鳳翎這才反應過來，與阿姨大笑擁抱。

阿姨說，她和叔叔，週六做志工，週日來散步。這山哪，不時就要來的。工作也好、散步也好，走在自己手作的路上，怎麼樣都踏實。

「天天來？不膩嗎？沒想去別的地方？」鳳翎拉著阿姨問道。

「不會，有這條路就夠了，像家一樣。」阿姨笑道。

這是什麼樣的親密感呢？原來……有一條路，可以為它工作為它付出，也可以同時享受它使用它。三不五時就來探訪，山徑如後花園小徑，看遍它的春夏秋冬、晴雨風雪，也就不用再去其他地方了。這一條路，用身體經驗去堆疊出生命的刻痕，無可取代。

臨行前，阿姨請鳳翎用東島語教她說「再見」，是道別的慎重，要知道相遇不是那麼容易的事。九年前，那位來此與他們共同學習手作步道的東島女生曾教他們說「早安」，九年後，她想再學一句「再見」。

再見，並非再也不見。鳳翎這天於道別後，在白紙上沙沙寫下與阿姨老叔的二度相遇，記憶融化在文字裡，讀著就能一再相見。

她和榮文仍舊是單純的旅者，然而未來某日，回到東島，他們必然會參與手作，以任何形式創造自己的家園吧。

萬紫千紅是籤詩

風在說話、森林在傳訊，萬千葉子飄落，示現萬千的祝福。

隨意抽一片來看，都像讀廟裡的籤。

這一天要走的路程較短，兩人頗有餘裕，八點鐘，慢悠悠收拾整裝。

鳳翎蹲在地上，排著楓葉。那些楓葉都是她蒐集來的，以便如廁使用。鳳翎不用衛生紙很久了，榮文會用，但她不用，她撿拾適合的葉子替代，最好是剛落地的新鮮闊葉，楓葉更奢華。深秋的每日，大把大把的落葉將至，鳳翎邊走邊挑就像逛街選物，一片一片入袋，每天都要重新整理，乾枯了就捨棄。榮文戲謔她，說回東島可以擺攤了，專售森林系天然衛生紙。

鳳翎熱衷用葉子與身體連結，榮文覺得有意思，卻未受影響。鳳翎是鳳翎，他是他。

清晨這趟如廁，鳳翎估計要用掉五至七片楓葉，捨不得即將用掉（作衛生紙也太奢侈）的美麗楓葉，將其排成愛心形狀拍照，以茲紀念。

鳳翎排楓葉的同時，榮文靠坐在一棵樹下滑手機，這裡難得有收訊，他把握機會在網路世界中徜徉，全然與鳳翎分屬不同頻道。

鳳翎曾受不了榮文的資訊控，她厭煩榮文一離開山徑就開手機、一進旅店就開電視的習慣，她懷疑榮文愛網路科技更甚一切，待在山中無收訊的時間愈長，愈發助長榮文接上網路一瞬的快感。她不明白榮文為什麼渴求科技，就像榮文也不懂為何鳳翎鍾情於落葉。鳳翎專注於自然的領略，榮文熱衷於資訊的驗證，若不能接受差異，是自己的問題。

正當榮文孜孜不倦於瀏覽網路世界的資訊時，鳳翎已完事從廁間走出。那片片美麗楓葉，都一一入坑了。

回營地路上，鳳翎繼續撿拾葉子，她像隻小鳥咚咚咚在路徑上跳走著，撿拾原出於生理需求，卻在這撿起端詳的動作間，自葉片上獲得什麼，類似**啟示**的東西？

從未擁有這麼長的時間跟森林朝夕相處，每片葉子都長得不一樣，生長、轉色、乾枯的時間和速度也各有不同，顏色不外乎綠、黃、紅、褐、黑，卻也有千萬種不同層次的變化。

大自然是驚人的哲學家，這成千上萬的葉子，沒有一片是一樣的，再怎麼努力也不可能發現一模一樣的葉子，簡直跟人的成長一樣——每個人都有他的生存之道，不非得如何不可。

如果鳳翎是其中一片葉子、榮文是另一片葉子，兩片葉子即使同生在一棵樹上，其形狀、大小、轉色、飄落的時機都不同，若鳳翎期待榮文放下對資訊攝取的需求，就像期待兩片葉子要長得一樣那樣勉強，對他者選擇抱有尊重，不質疑對方為何如此，也不焦慮自己和別人不同，正因此，萬物自由生長勃發，森林才繽紛多彩。

鳳翎任落葉繞旋自己，停步時，飄飛的落葉會掉到頭上、肩上、腳下。葉子是老師，一日一日，教導她多元的可能性，學習**接受**、學習**自由**。於是愈來愈喜歡撿拾葉子，不只為如廁的實務功能，也拓展個人視界。

回到營地，榮文已打包好在等待，她看著榮文，燦爛一笑，舉起夾鏈袋猶如秀出面紙包：「你看！」

榮文點點頭。這鳳翎，真拿她沒辦法，該是撿葉子撿到忘了時間，她總能從不起眼的細節中得到快樂甚至天啟，他是不太懂，但，挺可愛的不是嗎？

・・・

被蜂螫的一瞬，榮文反應不及，無法閃避，疼痛比意識更早來臨，待他意會之時，已經被螫了。

前方的鳳翎尚未知曉，榮文的眼睛下方迅速腫了起來，他快速自背包取出醫藥包，吞下一顆抗組織胺。

鳳翎正覺得奇怪，榮文怎麼這麼慢，她待在一座手造木梯旁等待，不期然看到木梯旁掛著一張字條，上頭寫著：「前面有蜂窩！」附帶一個警示圖，看來是前方好心的旅人所留下。

方見榮文緩緩走來，告訴鳳翎他遭蜂螫，鳳翎探看他眼睛下方，紅腫範圍不大，「沒事。」榮文說。鳳翎卻緊張起來，這裡有蜂？

過去進出農田或竹林，榮文偶爾會遇見蜂窩，只要不是虎頭蜂，一般留神趨避即可，即使被螫，榮文的體質尚可以應付，但過敏性體質的鳳翎可不行。她若遭蜂攻擊，唯恐引發全身性過敏症狀，發作就麻煩了。

這令鳳翎惶惶不安，榮文已經被螫，前面還有蜂窩？榮文看了看字條，「小心一點，應該還好。」知曉鳳翎敏感的身體狀況，「我走前面。」他淡淡地說，便先行了。

鳳翎看著榮文的背影，好在有他。只是恐懼飄忽不定，鳳翎一邊走、一邊憂慮，蜂窩會出現在哪裡？他們要怎麼越過蜂窩處？憶及自己曾被螫與尋求治療的慘痛過往，還沒遇見蜂，她無限的想像力已成一股濃稠的黑色魔影，拽著她往下墜。

恐懼愈來愈大，**恐懼**會吃掉她。

她愈走愈覺得不舒服，風情萬種的森林只是背景，腦海中有數十種被蜂攻擊的奔逃和全身性過敏的畫面，她沒辦法，只得在路邊停下來，抱一棵樹。

走投無路之時，鳳翎就會如此。向森林尋求庇護，她不知道她為什麼會，似乎天生就會。閉上眼，對樹喃喃著自己各種無助憂慮，她問樹，怎麼辦？她好害怕。

她不知道這棵樹是什麼樹。對她而言，樹是夥伴、樹是柱子、樹是通天的橋梁。

「這沒什麼，不用害怕。」鳳翎聽見了，她聽見樹的回應。這祕密的一刻，鳳翎把身體朝樹貼得更緊一些，她收到樹的慰問，來自森林的安撫與提醒——這不是她相不相信的問題，這是她需不需要的問題。

事實上，鳳翎的日常，多被嚴格的理性自我所驅策，導致她忽略直覺的探查或情感的需求，而放棄敏銳的感知力。只有在脆弱時，被迫使仔細聆聽，世界很大，理性無法指引陪伴，就讓其他管道來補上。

她忘了她什麼時候能聽見樹說話的，多半是感到危機，完全放下自己時，就會聽見。這不是幻想、不用實證，她就是知道，花了很長時間，才令理性自我慢慢接納。「這沒什麼，不用害怕。」樹這麼告訴她，她彷彿能感覺，周遭的樹都在點頭。

抬頭，看見上方廣闊的森林，枝葉搖擺顫動之時，她知道森林在呼應著**什麼**。一片落葉飛旋，掉落在她肩上。

離開了樹的擁抱，說也奇怪，鳳翎的情緒平穩多了。

她趕上榮文，兩人遇到另一對伴侶，那對伴侶和善親切，特別與他們說蜂窩就在前方不遠處，判斷是被熊扒下來的，留意保持距離，繞道就可以了。

恐懼不會永遠消失，就像傳說中那些危險的動物：熊或是蜂；溫暖也不會永遠消失，就像世界上最複雜的生物：人。

遇到蜂窩時，榮文想再靠近一點，好看得更仔細。鳳翎閃得遠遠，卻也探頭探腦，想起小時候看過熊吃蜂蜜的可愛卡通。這熊也太貪吃了，把蜂窩破壞成兩半，一半扔在地上，嗡嗡嗡的蜜蜂們飛得好倉皇，就像方才失去方向的自己。

理智驅使兩人快步遠離，與蜂窩漸行漸遠，如此和危險擦肩而過。

離開蜂窩後，鳳翎才知道她到底錯過了什麼，好險沒有錯過太久——整片森林都在飛舞、在旋轉，以葉為名，替天行道。

她是太在意蜜蜂了，沒注意到他們已堂堂走入金秋，光影在榮文的背包上流動，無數樹葉以光影的形式刷過榮文的存在，鳳翎知道她自己也在其中。走在落葉飛旋的山徑上，恍若古代的俠客。她一邊走、一邊將雙手打開，偶爾隨手一捏，能抓取到一片落葉，細看它的模樣，像讀廟裡的籤詩。

葉片的轉色細微有序，看似漫無章法其實有策略。它從綠到黃轉紅至褐，從完整到脆裂到分解，無所畏懼於歸零。仔細看每片葉子的選擇，有些從葉片的四周開始朝內轉色、有些從零星的變色點開始朝外擴散，葉脈是最晚轉色的。

隨意撿拾一片楓葉，它已經變紅，唯葉脈仍如黃色水系，仔細看，部分葉脈的線條甚至還殘餘一點點青綠，非常好看，這是剛被風吹落的年輕葉片。季節交替如此細微地在一片葉子上顯現，而，當滿山滿谷的樹葉同時以不同的速度和面積轉換和飄落時，你會知覺這一刻，全天地都在轉化與孕育新的季節，每一刻都是嶄新的，也每一刻都會老去，老去了又立刻新生，新生後又快速逝去⋯⋯

鳳翎不自覺停步，她全然忘了方才關於熊與蜜蜂、蜜蜂與人的戰爭，只是靜靜看著腳下幾片葉子的變化。

有黃褐相間、紅綠相間，生命不非得怎麼樣不可，你可以脫序、可以散漫、可以頹廢、可以莫名其妙，看看暈開一片的粉紅、或經血也似的點點鮮紅；看看藍天下一樹的鵝黃、又或陰灰色天空中炸開一樹火紅。這時會覺得，不論什麼顏色湊在一起，都是天經地義。**每片葉子都自己決定時間，時候到了就改變**。

哪有什麼好後悔的？一切都是剛剛好。

漫步其中，把自己也揉進這樣的深秋，感受天地變化的分分秒秒。根本不用等著看冬日雪花啊，這裡，每片葉子都是一個結晶。隨手接到一片落葉，看！這片楓葉的葉片正紅、葉根往上推進轉褐色、黃色葉脈散射、葉脈周圍有錯落斑點，而每個尖錐的葉緣，都擁有精細的小小鋸齒——這就是結晶，平靜、日常，卻壯烈非凡。

幸福每天都在發生，卻可能每天都在錯過。鳳翎撿合適的葉子當衛生紙，多半黃褐相間，使用者經驗讓她了解，用闊葉林的落葉當衛生紙，其保存期限約莫兩三天，之後便因潮溼或乾燥而生斑點、或變色凋萎。沒什麼能夠持久的，當下就是一切，一切不會如新，卻又歷久彌新。

唉，葉子好美好豐富，怎麼在東島時都沒發現？終日與成千上萬的葉子在一起，原來是這種感覺。榮文當然沒留意這麼多，但鳳翎會跟榮文分享，她的袋子裡每片葉子都是一個繪本，每天睡前分享一片葉子的故事，是不是就能有好夢？

・・・

山好安靜，榮文添柴，鳳翎偎著火寫字。似乎是在這樣的安靜裡，在火光星光與月光日復一日的餵養中，慢慢轉換並調節了自身。

這是一種提醒、一種鍛鍊。山不單調、也不無聊，蘊含渾厚沉靜的熱烈，要認知這真相，得花時間。

走久了，**時間不再是線性的**，**而成了往復循環的圓**。他們常忘了這天是幾月幾日，也沒有幾點一定要做什麼事，知曉正處於四季的深秋，也知道深秋不過是輪轉的一部分，像葉落歸於塵土，來年萌生春芽那般。即使是不回頭地向前走，也是在山上與城鎮間不停回返，感受身體輕了又重、欲望退去又勃發，生命因此一再平衡、更新、提煉，竟不會重複也難以厭倦，說不明白的時候，榮文望火發呆，而鳳翎會歌唱。

鳳翎喜歡循環的時間，萬物不只是由生到死，也因死而生，終點只是另一個起點。停筆凝神之時，她發現火堆旁有片奇特的葉子，拾起，依著紅紅的火光細看，這葉子的形狀她沒見過。因不對襯而顯得獨特，像一個人高舉手掌不放下，黃至褐色的漸層很美，她喜歡它的奇怪，是它的奇怪成就它的特別，她拿給榮文看，眼睛笑得瞇成一條線。

「這葉子是**畸形**。」榮文說。

鳳翎「啊」了一聲，原來是**畸形**啊。

正是因為畸形才看見它，也正是因為畸形而特別欣賞它。大自然從不給畸形或脫序的事物任何評價，它們只是靜靜存在，等著被發現、等著啟發。

火光在葉片上閃動，鳳翎輕撫葉片，像輕撫自己，或輕撫任何奇怪不合乎標準的生命。「很漂亮。」鳳翎說。

她將葉片夾進本子裡，本子上並未註明這天是幾月幾日，僅以畸形葉作代表：那是高舉的一隻手，勇敢而篤定。

風聲隱隱。

鳳翎抬頭，眾森不言，高大無為。

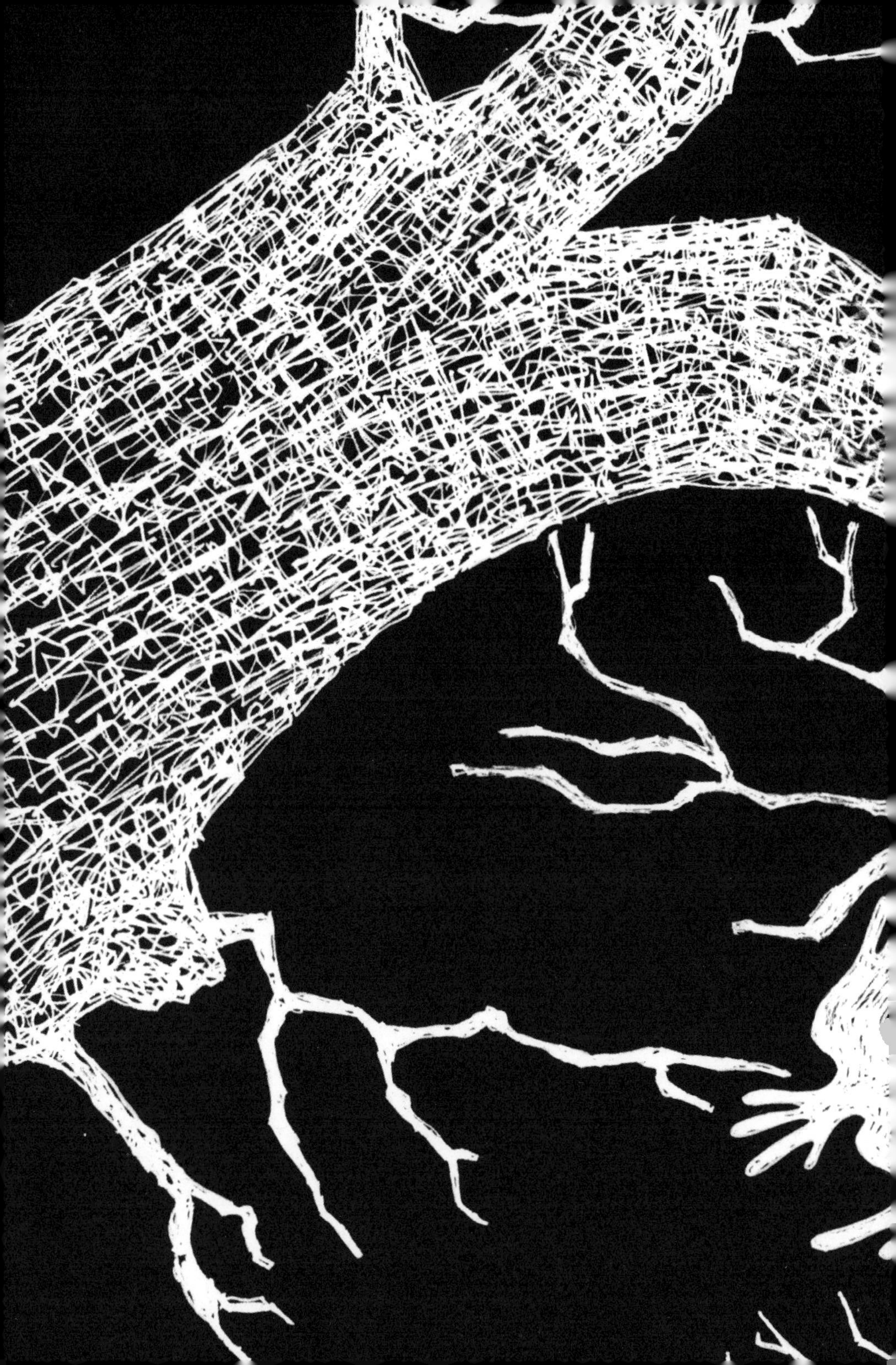

失落的故鄉

人們只是遺忘，不代表歌不存在。

火堆未弄散前，榮文常主動添柴，專注力集中在火和食物之間，他享受雙手萬能。鳳翎的目光則不在火，她看望森林，欣賞火焰在林間閃動的光影，隨後起身，站到火光照耀不到之處，感覺月光下森林的樹影，皎潔的月光亮到甚至無需頭燈，也能看到榮文、帳篷和營地四周樹林的輪廓。鳳翎享受這份寧靜，好像只要站在月光照耀的樹林下，就能將一身黏膩煩憂淨去。

山徑上最後一夜，鳳翎有些捨不得，更多是珍惜。**「滿足」沒有聲音，它是靜水流深的快樂**。無須完成遠大目標，只要清楚這當下是無數腳印積累而成的，包含月光、火焰、樹影、煙的氣味、食物的殘香、遠處的蟲鳴，和他們黏膩的體感與呼吸都交融在一起，僅僅如此，便感覺無比踏實。

就喜歡這種不趕時間的餘裕，兩人坐在火堆旁，待火焰消失，成為紅炭，手牽手散步到就近小小的展望點，那裡可見下山後轉車的去處：海倫鎮。燈火隱隱，是明日去處。

進帳前，鳳翎與火堆道晚安，她對榮文打開雙手，邀請一個擁抱——每當感受到愛的豐足，她會要一個擁抱來見證並強化。榮文幾乎都會應邀。

擁抱很長，這一次沒有人說話，榮文看著地上的火堆、鳳翎望著天上的月亮，兩人相擁，往外看向不同方向，真正的**關係**，約莫如此。像以擁抱數算時間的流逝一般，紅通通的火心明明滅滅，柴即將燒盡。

不需要合一，正因兩人目光不同、方向不一，攜手走過才完整深刻。持續相愛，體驗天與地的差異和浩瀚，不可思議又天經地義。

・・・

夜半，鳳翎醒了，醒來時，帳內滿是柔和的月光，內帳還印有外頭的樹影，月光將暗夜抹上一層淡雅的銀白色。

耳邊猶有旋律，極其清晰，是東島原住民族的大合唱，反覆在耳邊繞旋。

鳳翎做了夢。

一個充滿音樂的夢，好奇怪，夢裡沒有畫面，只有眾人之聲，磅礡的歌聲猶如海浪拍打著礁岩，反覆反覆，一圈又一圈迴繞，帶著眾志成城的力量，唱！以至於她醒來後，耳邊仍猶存那悠遠而澎湃的歌聲，是……熟悉的旋律？她有些困惑，睜開眼，任由旋律洗刷全身，那歌聲在腦海中好嘹亮！半夢半醒間鳳翎提醒自己要記住，滿是月光的帳內，她在靜默中哼唱，而後，莫名其妙浮現一句話：「**失落的故鄉**。」模糊的意識間捕捉到這五個字……是歌詞嗎？在心底重複默唸。隨後，又朦朦朧朧地睡去。

黎明，鳳翎真的醒了，帳內昏暗，不若夜半明亮。她故意不睜開眼，想進入那大合唱，旋律卻消失了。

唔，她不記得了，完全想不起來，失去主旋律，只剩下「眾人齊聲吟唱著聽不懂的語言」這樣的敘述。奇怪，那旋律曾經那麼深刻，半夜還醒來複習的，怎麼毫無印象了？

徒留「**失落的故鄉**」五個字，像咒語一樣的碎片。其餘是，一片空白。

嘆了一口氣，鳳翎睜開眼，夢就是這樣，來無影去無蹤。不知為何惦念著那首歌，與其說曲子好聽，不如說是那嘹亮又悠遠的合唱深深吸引著她，畢竟不曾有這樣的經驗，只能白天繼續回想了。

翻了身，看見榮文的臉。側睡的他正好面朝自己這一側，她能聞到他均勻的鼻息，儘管在山裡走了這麼久，汗水溼了又乾，身上沾染山野之氣，專屬於個人的味道卻不會消失。她喜歡榮文的氣味，清新、儒雅、令人安心。只有這種時候，鳳翎有機會好好端詳自己對榮文的情感，多的是貪嗔和依賴。曾懷疑無法相偕，終究是一起走到了現在。

她用手指沿著榮文眉毛的輪廓畫著，男人即便未醒，也伴她走過改變的每一天。奇怪，怎麼會在最後一夜，夢到神祕的大合唱呢？沒想再睡回去，就在睡袋中側身，她只是側躺著、賴著，什麼也不做，天地悠悠醒轉，啟蒙的亮光自會到來。

帳內籠罩著曖昧昏沉的光，紅影朦朧，她在等待，直至金光乍現，就從榮文身側那個方向，射穿了帳篷，斜斜落到她腳底的睡袋。

唷呵——睡袋上這抹金光真好看！鳳翎萬般珍惜看著，動動腳以確認這是真的。她知道金色光芒不久長，只有片刻。隔壁榮文開始在睡袋裡蠕動，動來動去還在賴床。鳳翎點了點榮文的鼻子：「快看，我的腳在發光……」這傢伙，今天是山上最後一天欸，金光閃閃這麼動人，還不起床！

· · ·

怎麼辦，鳳翎真的想不起來任何的旋律了，她搜尋記憶所及各種原住民族的古調，卻沒有一首對得上。走過鞍部、涉過流水，鳳翎一邊下坡、一邊想，那旋律到底怎麼唱去了？

「昨天夢到一首歌，很多人一起唱，唱得非常大聲。」鳳翎跟前方的榮文說。

榮文沒有應答。

「歌聲壯闊像海浪，讓人印象深刻。」鳳翎是這麼練習的，將潛意識內容用意識的語言化作現實。她的窗口，就是榮文。

「嗯。」榮文發現鳳翎每次講述夢境時，她的腳步都會變慢，他得放慢速度跟著她，才不會撞上，這狀況鳳翎自己從未覺察。

「昨天半夜醒來我還記得怎麼唱，可是早上就想不起來了。」

「慢慢來。」榮文不知道鳳翎為何這麼在意夢，只知道她很投入，可惜沒人能幫忙記得。

最後一天了啊，他曾厭膩於單一林相的山景，不知要跟鳳翎走到哪裡才算終點，路途還遠長，然而他們的時間有限，一段沒限定終點卻有限定時間的旅程，走到哪出去都好，儘管每次抵城鎮休息後再次入山他總抱持著上班族的認命，而今要結束了，再不用回到這山裡，卻益發珍貴起來，他會提醒自己，多看一眼。

「就是想不起來……只剩下『失落的故鄉』這句話。」鳳翎哭喪著臉，她現在甚至懷疑這五個字跟那首歌一點關係也沒有，實在無從聯想起。

「那是哪裡？」榮文問。

「蛤？」鳳翎不明白。

「**失落的故鄉是哪裡？**」榮文又問。

「……我不知道。」鳳翎喃喃，她沒想過這個問題。

「那就休息一下再想。」榮文說。

不行，那集體大合唱太令鳳翎印象深刻了，這滿山滿谷的落葉、岩石、流水、獨木橋、碎裂的果實、溜煙而過的松鼠都成了她回想夢的背景……鳳翎暗自決定，下山若回到收訊處，她要從手機叫出史上最強的網路搜尋引擎，打上那五個字如碎片般的咒語，看看會跳出一些什麼。

・・・

他們抵達了，並非世人認可「阿帕拉契」的所謂終點，沒抵達大眾定義的完結篇，他們只想找到自己標定的遠方。是不是走完全程不那麼重要，而是該上路時就一定要上路，終點是個未知，甚至直到走到了，才知曉原來這就是終點。

登山口就在前面了，停下來喝水吃點心，榮文將花生煎餅奢華地抹上厚厚的花生醬，時間有餘，他煞有其事掏出爐頭和瓦斯罐來烤花生醬煎餅，試吃結果……啊哈，美味無比！

快下山了，鳳翎一路與森林道別，天氣開始轉陰，鳳翎與榮文討論，想找一處角落好好**謝山**。榮文想登山口人多，提議過登山口停車場後的林子裡如何？鳳翎搖搖頭，如果離開主要山徑，就沒意義了。她想像停車場的車與人群，乾脆停步，就在登山口前，眼觀四面。再如何平凡無奇的山徑和林子，也必有可安放感謝和敬意的祭告之處。

在東島古老的文化中，田裡每次收割時都會敬拜天地，感謝天公和土地神明的護佑；在西方大陸的山中亦然，一段旅程的結束如同收割，收割的是**自己**，這一路遭逢的所有，包含各種天氣、動物、旅人、森林、山屋和守望塔，故事如瀑布般洗刷著，他們是否更清楚自己是誰？能否活得更不負自己的名字？

鳳翎四下搜尋，榮文等待著，他知道這最後的收尾對鳳翎來說很重要，即使距登山口不到二十米、即使他不認為非要如此，但鳳翎需要，他就用他的方式陪伴。而後，榮文發現鳳翎竟站在入山處一個大型木製告示牌的正後方，正用腳踩著一方土地，她想在那裡進行？離登山口這麼近？真不像她！

鳳翎低頭，她沒料到自己會考慮這裡，只是看了半天，只有告示牌後面足夠隱蔽，否則山徑兩側人來人往，她蹲在一處祭告，也太惹人注目。為確認有足夠的安全感，鳳翎乾脆卸下背包，先行跑下山到停車場上，從外側往告示牌的方向看，赫然發現告示牌是一片空白？什麼內容也沒有的布告欄，反而帶給鳳翎自由。

這是**自由命題**，向山道別，輕鬆自在。

重新跑回山徑，鳳翎開始撿美麗的落葉，榮文也順手撿兩、三片給她。鳳翎像個小女孩，興沖沖帶著一疊楓葉，到告示牌後方蹲下來，在土地上，用不同顏色的楓葉排出了一個大圓。

排到最後一片時，突然間鳳翎自己笑了出來。

往常總要挑僻靜無人跡的角落作祭告，走遠一點在所不惜，而今卻緊貼著登山口，可能被路人的好奇目光干擾、被指指點點的詢問打斷，但不知為何，沒關係了。就在這裡、就是現在，一個空白大型告示牌的正後方，畫一個結界，區隔出一方的完整安靜，好好，跟山說話。

這個位置，真有意思。

楓葉排的圓很美，有人為用心的痕跡，鳳翎掏出背包裡的酒，旋開瓶蓋，放置在楓圓的中心。這來自東島老家榮文的自耕米所釀的酒，要獻給山。

脫下帽子與頭巾，鳳翎半蹲半跪，舉起一瓶蓋的酒，面朝來時路的方向，低頭默禱：「以土地相連，在這裡成長，感謝山脈常在，我們用身體行過……」

一連串給「阿帕拉契」的話語，自底心湧出，好像不知不覺，這裡的山也變成朋友了。默禱同時，鳳翎意會到她多麼榮幸在這裡謝山，這如要塞般的關鍵位置，像站在黑與白、物質與精神、文明與荒野、工作與休閒的交會處，人們是多麼需要連結兩端以照見完整生命。

旅者不能只是尋夢，社會人士也不能只追求物質的積累，兩種身分要穿梭交織，有山野與社會的同時浸潤，才會完整。

一個不起眼的小地方，平凡無奇，雜草叢生，卻帶來這麼多領會？默禱完，鳳翎將手中斟滿一瓶蓋的酒，順著楓葉的方向灑，酒水灑在地上——畫出一個漂亮的圓。

身後的榮文，跟著也倒了一瓶蓋的酒，他什麼也沒說，自己喝了一口，剩下倒給土地。

兩人背起大背包，轉身越過大型告示牌，步出山林。

停車場的存在，此刻變得適切，亮白的水泥路面毫不突兀。兩位一身亮彩勁裝的男士，牽著配備新穎的單車站在馬路旁，一副準備上路的樣子。鳳翎看著他們，陽光下充滿希望。

越過馬路後出現了指標，標示下一段的山徑，但他們不會再繼續前行了。「要開始走馬路了！」榮文舉起登山杖，指向柏油路的方向。鳳翎偏著頭，想起曾有人問過他們的問題：「以後還回來繼續走嗎？」

「不會，也沒關係了。」鳳翎心裡有了答案。已經不需要了，不非得依循主流思維，沒什麼非得完成不可的事——除了自己。

這裡不是終點，是足夠的遠方。

若要故鄉不失落

每個遠行的孩子，都是為了要回家而出發的。

週一下午，雨日，以文藝復興建築風格著稱的海倫鎮，街道冷冷清清。是在這樣的清冷中，鳳翎才拾回了一點清醒。

清醒是什麼？清醒是，比如說：今天是週一。週一，鳳翎拿回了**線性的時間感**。山裡走得太久，關乎今天是幾月幾日星期幾早失去意義，時間是四季循環與日夜交替，自山裡走出來，要回歸線性的日常，今天是週一，非假日，海倫這觀光小鎮顯得安靜，不若週末熙熙攘攘，到處可見度假血拼喝啤酒的人潮。而且下著雨，很好，遊人退去，清冷的日常如碎浪般湧上。

清醒是什麼？清醒是，撐傘走入露天半開放的遮雨棚下，向吧檯點一塊蛋糕，只為聆聽台上無人捧場的駐唱歌手，好好唱一首歌。

鳳翎和榮文兩人坐在那裡，聆聽慵懶優美的嗓音，感覺自己像一杯經長期晃動後顯得混濁的水，藉由時間的流逝**靜置**。一身塵埃會在霧雨拂拭下，緩緩落去。

沉澱才是真正的開始。

再不用負重邁步前行，慢慢知覺「人間」、知覺到個人社會性的存在，那和漫長山徑之旅的孑然一身，有著太大的不同。

榮文啜了一口可樂，他的神情放鬆，不說話的安靜，約莫是榮文對世界最熱烈的表述形式。鳳翎噓了一口氣，感覺眼前這片冷清，是通往空曠心靈的入口。在漫長的行走結束後，他們確實需要一個地方來安放過度的豐富。以為會在飯店房間裡，想不到是在這裡，街頭的戶外咖啡篷下。

‧‧‧

老實說，回到「人間」的過程並不舒服。

前日正式離開山徑，他倆沿著寬大的柏油路走了好久好久，不管鳳翎的大拇指伸得多堅挺明確，都沒有人要停下來載他們。經過的車盡皆呼嘯而去，有人拉下車窗故意對他們比耶、又或舉起手機拍下他倆苦行僧般的身影，鳳翎只覺愈發淒涼。辛苦的不只是走硬邦邦的柏油路、不只是冷風瑟瑟長路漫漫，辛苦的還有發現公路沿途的垃圾：保麗龍盒、紙杯、塑膠杯、吸管，亂七八糟什麼都有，這人類無可迴避的真實。

辛苦的是**承認真相**，素淨的山野不過是世界一角，全貌需要拼湊。往海倫鎮的公路不僅無聊斃了，沿路還要吸過路車的廢氣，鳳翎不得不覺得旅程結束根本上是嚴酷挑戰的開始，這樣誰會想回返正常生活？她愈想愈生氣，誰料到前面的榮文轉身，突然若有所感跟她說：「其實這樣走一走，蠻好的……」

他溫吞質樸的聲音聽來與她的忤逆不爽大相逕庭，榮文平心接受的態度提醒鳳翎：**心態決定一切**。安於當下，就能自在。一轉念，說也奇怪，路邊的牧場、露營車出租區、加油站，霎時都可親了起來。

鳳翎乾脆放下執著於搭便車的大拇指，揮別失望憤懣，不再抱期待或想像，只是專心步行，只是走著，以至於，突然有一部白色轎車自動在寬敞的馬路上停下來時，鳳翎覺得一定是自己眼花了！

車窗打開，一隻手伸出來招手，示意他們上車。

榮文反應快，小跑步跟上，遂發現車內駕駛是位滿頭銀髮的老奶奶。她的眼神憐憫，像在說：「喔，可憐的孩子們，上來呀！」榮文向還在發楞的鳳翎揮手，示意她行動，老奶奶的車這麼大剌剌地停在馬路中央，說不準後面的車子等一下就來了……

喔，車上暖氣真溫暖！一點都不像外頭淒冷的風充斥。老奶奶說話很慢，她正要去海倫鎮上教堂，「多好，一路有你們陪我聊天！」老奶奶呵呵的笑聲融化了鳳翎，沿途用慢板的節奏向他倆介紹她所知的海倫鎮，如一個充滿智慧的嚮導。分別時，鳳翎依依不捨，見老奶奶沒打算下車，後座的她俯身向前，在這位奶奶右側的臉頰上親吻了一下。「喔，還是我再載你們到鎮上再繞一圈啊？」老奶奶歡快大笑，她開門下車，要求與鳳翎和榮文合影留念，跑去拉一位經過的老先生過來幫忙拍照。

鳳翎害羞，她愛聽老奶奶的笑聲，從中看見自己晚年的理想面容，那在山裡行走時不一定能習得的。貴人老奶奶如智慧長者般的存在，陪伴並指引著他們未來的方向：關於無私、把握當下、以及創造富足。

與榮文背著大背包走入旅館，這最後一間旅館，寬敞富麗，幾乎是飯店等級，這飯店有個福利，凡山徑旅者均給予特別招待的優惠價，以至於當兩人入住，見兩張大床和一應俱全的房間配備，榮文也一愣一愣的，簡直不可思議。鳳翎幾乎在房間裡旋轉了起來，除了免費供應早餐，大廳還提供全日的咖啡、優格、餅乾和水果，怎能這麼奢侈？而若不是在山裡走了那麼久，度過那些簡單刻苦的日子，這一刻不會如此彌足珍貴。

那些離開山徑的不捨不順逐漸淡去，鳳翎拉著榮文去逛小鎮，濃厚的文化氣息與多元異國料理是當地特色。就是感官仍敏感於消費娛樂的種種刺激，進入週日鬧哄哄的人潮，身上還有殘餘的山野之氣，特別是鳳翎，面對各種亮晶晶的酒杯、華麗的飾品和衣服，她再次感到頭暈，這恍如隔世的斷裂感並不陌生，但她學會**把自己叫回來**。畢竟這裡可是人民樂道稱頌、舒服可愛的觀光勝地海倫鎮哪！

「必須整合。」鳳翎告訴自己，她還惦記著那無名的旋律呢——五個字如碎片般的咒語：失落的故鄉。

・・・

房間裡，柔軟的大床上，鳳翎瞥了一眼床頭Wi-Fi的標示，打開手機連線，叫出史上最強大的搜尋引擎，準備打下那碎片般的五個字。

鳳翎有點緊張，和趴在另一張大床上咬著洋芋片找衣服和毛巾的榮文大異其趣。

榮文不知鳳翎正在緊張，這小妮子總有太多要花心思處理的細節。他拿取乾淨的衣物就要去洗澡，期待著蓮蓬頭淋下舒爽的熱水。

在榮文進洗澡間後，鳳翎在搜尋引擎的空白欄中鍵下五個字：「失」、「落」、「的」、「故」、「鄉」。

每敲一個字，都細細咀嚼一次。

她在等，等搜尋引擎告訴她結果，那等待的幾秒鐘，盯著小小手機螢幕的鳳翎，幾乎就像被真空隔絕了一般。

螢幕上跳出一連串關於「失落的故鄉」的各式相關訊息與連結。鳳翎快速瀏覽一遍，很快地看到其中有支音樂ＭＶ，粗體字「ＡＭ到天亮」，之後有字母與數字一連串編碼，「失落的故鄉」五字間雜在落落長的標題中，歌手是陌生的名字，複雜的讀音看來是原住民族所擁有——鳳翎點擊下去。

而後她看到ＭＶ畫面播出，出現了再熟悉不過的東島東部海岸，椰影浪花，島嶼山林。隨後，畫面浮現四行字：

除草歌
是在描述
部落族人們除草時的身體波動
與大地的互動之氣

除草歌？那是什麼？隨後她看見一個不認識的歌手，用東島語歌唱。

不對，夢中大合唱的歌謠不是用東島語啊……

不是這首歌。她有些失望，旋即很快被流動的影像所吸引，其街頭場景看來都年代久遠……赫然看到認識的藝術家朋友！瞬間落入了年輕時於東島行旅的時光隧道中。

東島的東部海岸，正是鳳翎的啟蒙之地，數百種追尋的故事在那裡上演，許多人不是穩定的上班族或標準的好學生，創作、打工、喝酒、發夢，她一邊聽歌，一邊看著紀錄影像，感覺某種奇怪的湧動在體內發生，在迢迢西方古大陸的飯店房間，她回溯年輕時在小島東岸的各種相遇堆疊，與原住民族朋友結識，他們貼近土地的藝術創作翻轉了她對生活的期待，那正是開始尋找自己的年紀，她問自己是誰？想過什麼樣的生活？未來將成為什麼樣的人？她想不到有一天她會在這裡被這些影像撞擊，她不確定她是否聽過這首歌，她不記得了，只朦朧地想起久遠以前，她曾買過一張專輯，叫《AM到天亮》。

「AM」是吉他指法的其中一個和絃，據說，只要一個AM，原住民族就能藉此唱出許多歌謠，可以這樣一直唱到天亮……

直到歌曲第一段落結束，間奏響起，鳳翎聽見**合唱的古調**，帶著某種熟悉的壯闊波浪，席捲過來，不偏不倚地，與她心心念念想找尋的重疊了。

這是什麼？鳳翎像被電擊一樣，久久不能動彈。

一切來得太快，這熟悉的旋律和夢裡聲聲傳喚的，竟然一樣！她突然明白發生了什麼事，但又不能明白，只覺內裡有個聲音震耳欲聾：「沒錯，就是這首！就是這首！」現實與夢境接軌的一瞬間，意識與潛意識交匯、混融，像兩種不同顏色的酒晃蕩在同一個酒杯中。

古調來得猝不及防，大合唱將她的耳朵、她的心神、她的人團團包圍，聽見這首歌，是否讓她想起，失落的故鄉？什麼正緩緩浮現？聲聲蕩蕩，那巨大的……什麼？

間奏稍歇，歌者的聲音弘遠又嘹亮：

啊——伊呀喔嗨呀——

封印被打開了，某個不知名的什麼在內裡劈里啪啦地崩解了、燒熔了，腦袋很脹，身體不知所措，而靈魂在尖叫。

短短五分鐘的音樂影像，鳳翎像在閃電裡走了一世紀。

古老老的歌啊，傳唱了多少年，如果這除草歌，要傳達的是除草的身體波動，與大地的互動之氣，老家就有啊！世世代代，反覆躬耕，不只是原住民族，這是每一個族群都擁有的身體記憶，流在血液裡，每·一·個·人·都·有。可是她遺忘了，就像多數人都遺忘了，與大地共生的身體最根本的韻律。

失落的是故鄉東島？還是她自己？不，應不只有她自己，這是集體的，一個潛伏在集體無意識的祕密，正慢慢浮現出來……

山徑走到最後，轉進充滿文化風情的海倫小鎮，飯店房間舒暖的大床上，鳳翎聽見了生命源頭的**呼喊**，用漫長的山徑、老家的記憶、年輕的追尋、自身的惶惑，堆疊孕生出集體深埋的失落，閃電一樣地劈向她——別忘了**源頭**，源頭永遠都在，只是逐漸模糊，沒人記得拼湊。

呀嘿——哪嚕哇——伊呀哪呀吼——

啊嘿——吼喔嗚——

ＭＶ播完，手機的聲音靜止，鳳翎呆坐在那裡，柔軟的大床上，怔忡了不知多久……

回神，再按一次重播鍵，將游標移到間奏時的古調，反覆重播那大合唱，閉上眼，任旋律像瀑布一樣沖刷自己，身體隨之輕輕搖擺，她所摯愛的故鄉東島，哪個地方荒廢了？哪裡需要彎腰整理？人民還記得除草嗎？

此時，榮文從浴室走出來，用毛巾擦著頭，問：「吹風機在哪裡？」

・・・

週一，下雨天，多麼適合神遊，以及放空。

一個貝果、一片蛋糕，半躺座椅，在慵懶的駐唱女聲中，鳳翎緩緩細想這一切，感謝這綿綿雨絲，陪她沉澱。

想寫點什麼，卻什麼也沒帶，鳳翎走向櫃檯，和服務生借了筆，回座，抽取座位上供客人擦嘴的餐巾紙，薄薄一張攤開，軟軟的，小心不要沾染了雨的潮溼，開始在餐巾紙上寫下，這當下的心緒。

榮文兩手扶著圓座椅，仰頭長噓了一口氣，雨天的水氣鮮明，街道偶有三兩行人經過。座位區只有他們和另一對伴侶兩組客人，那對伴侶起身走了，又來一對父女，此時駐唱歌手的音樂悠忽輕快起來，為秋雨小鎮增添了一點活潑。怎麼說呢，鮮少出門遠遊的他，若不是娶了個愛闖蕩的妻，他走不到這麼遠，經歷這麼多，雖然麻煩，等待的時間也不少，但確實精彩。原來有一種豐收，是在田之外。

鳳翎寫著，跟榮文碎唸著回到老家，想在合院的禾埕上辦場冬至音樂會，有歌、有舞、有食物，招待親戚與鄰居……啊，可以找東海岸認識的友人來唱！她的聲音和這駐唱女歌手一樣撫慰人心。再請妹妹做點心好了，老家一熱鬧，大家都會很開心……榮文應聲，鳳翎忽然驚覺，旅途之於行者的意義，原來不是休息，而是**下潛與轉化**，以生出歸返後有效的改變與行動——若要故鄉不失落。

寫了一個段落，鳳翎將餐巾紙輕擱在桌上，榮文不知怎麼地，突然想畫畫，他跟鳳翎接過筆，將那張又輕又薄的餐巾紙撥到自己面前，在空白處隨意畫起來。

榮文畫下眼前的蛋糕與貝果，還有可樂瓶。又在餐巾紙的另一面，畫下了雨天共撐一把傘的兩個人——那是手牽手的自己和鳳翎，一人比「讚」，一人比

「耶」。

鳳翎湊上前看，噗哧笑了。認識榮文這麼久，只知他小時候愛畫畫，卻從沒見過他如此天真自然的畫風……他一定也很享受現在。「如果有一天，我把路上筆記寫成故事出版，你會願意為這部作品畫畫嗎？」鳳翎問榮文。

榮文一聽，身體即刻後仰，笑著搖頭，眼睛彎彎瞇成了兩道圓弧，像天邊的彩虹。

越獄

清晰的意識，
通透的直覺，
誠實的勞動，
平凡的歸返。

鳳翎寫乾了三支筆。一支是榮文的、一支是風噠哪商店店員給的、一支是山屋相遇的白髮女人送的，這第四支筆，則是跟海倫飯店櫃檯一位帥妹借的。而今離開山徑也持續書寫，偎著壁爐寫、背著晨光的窗寫、坐在樹下寫、蹲在街口寫，寫到手痠、寫到虎口長繭，鳳翎喜歡這麼一直寫著，書寫讓她有明晰的存在感，走過的路都會留下痕跡。

書寫是餵養心靈的**整理術**。

當然，顧胃也是很重要的。奇怪的是，在揮別負重行走的現實後，榮文對美食的渴望脫離病態式需索的瘋狂，顯得閒適而有餘裕。

晚間，他找了家會做油膩熱炒的西南方料理，研究餐廳菜單研究許久，點了一盤洋蔥番茄青椒炒蝦仁，鳳翎吃到時，為這相似又相離的家鄉味鼓掌歡呼，激動不已。身體是發報器，味蕾是鑲嵌式的鄉愁，深埋集體文化記憶，日復一日你覺得稀鬆平常，久別重逢你才驚覺自己從哪裡來。

「喔，真是太好吃了啊！」鳳翎高舉雙手讚嘆同時，一位壯漢店員走來，端上一盤招待的玉米脆片和莎莎醬，拍著榮文的肩，說他長得真像一個拳擊冠軍選手，榮文搔頭傻笑，鳳翎哈哈大笑，這頓晚餐讓他們非常愉快，全然不同於前一日昂貴不新鮮而且還很冷漠的那間披薩店。

回到被服務的消費者模式，他們重新適應**本來的生活**。在日常吃喝、查詢車班、安頓歸返事項以及挑選禮物間奔波。鳳翎吃著捲餅和榮文提及，到海倫鎮後，她的夢不知為何變了，又開始做懸疑、緊張、奔逃系列的夢境。

榮文笑了：「回到原點囉？」這不是當初啟程時，鳳翎常做的夢嗎？

「欸，你很過分！」可惡，榮文根本在看戲。鳳翎皺起鼻子，恨恨想著。榮文不以為意，而鳳翎正在體會箇中滋味。沒錯，乖乖接受，不論走過多少美好艱苦神聖困難的道路，最終會回到原點，領教最初。

這一遭走下來，高潮迭起且有滋有味，連夢都創意無限寓意深切，如有任何否認批判，都是自苦……唉，還是多吃幾片玉米脆餅吧！嘖嘖，這莎莎醬多好吃！

・・・

廉價巴士上的乘客，幾乎全是有色人種。

西方古老大陸的人，依膚色約略分為四種，其優勢族群依序為白色、黃色、黑色以及紅色。山徑上的旅者，多為白種人，偶爾能見黃種人如榮文和鳳翎，但不多；至於黑人和紅人，他倆從沒在山徑上見過。

但長途巴士站外，黑人是常客。

多虧飯店櫃檯那借筆的帥妹自告奮勇送他們兩人抵達工業區，只為搭乘鳳翎指定，專為中下階層服務的長途巴士。為了便宜的車票，鳳翎和榮文進入了另一個世界——這裡龍蛇混雜，迥異於海倫鎮。

根本沒有所謂的巴士站，只是一張站牌貼紙貼在老舊便利商店前，在風中頗為蕭索。天空和工業區一樣灰暗，來往的人都有深沉的膚色，各種奇怪的髮色和衣著，有的叼著菸、有的拿著酒、有的歪倒路邊。好不容易來了一輛車，走下一位金髮白皮膚的大叔，卻腳步踉蹌，司機到後車廂將他的行李搬下車後，毫不留情開車離去。

那大叔歪歪斜斜地走路，最後「砰」一聲靠在便利超商的玻璃牆上，榮文拉著鳳翎忍不住後退幾步，那大叔滑落地板，在地上半躺著等車。

「沒有其他巴士了嗎？」榮文抓著鳳翎問，他皺眉的樣子看上去有些不耐，其實是不安。

十年前，鳳翎曾於獨身旅行時搭乘過這種長途巴士，即使如此，她也繃緊神經。灰撲撲的空氣、淒冷的雨、髒亂的馬路，連停在空地的汽車都被濺了泥巴。

貧病潦倒者，懷揣深沉艱澀的往事，諸多疼痛無須言明也不能言明，主流社會勢力將其界分開來，說：「資源有限、階級有別。」被界分開來的兩邊不能相互理解，出現宰制、對抗以及歧視，這狀況在山徑旅途中不容易碰到，但入城卻極有可能發生。

榮文和鳳翎曾走在大街上，被開車經過的白人少年開窗譏笑謾罵，榮文氣憤不已，鳳翎倒覺新鮮。在幾乎全為黃色人種的東島，他們不曾如此被對待。但是，東島人之於東島的原住民族，也有一樣的議題。只因身分或膚色就受到不平等的待遇，原來是這種感受。

於是鳳翎不排斥搭乘廉價巴士，票是她買的，榮文並不知道。

若毫無機會接觸，這世界將恆久被阻絕在社會角落，她永遠不能體會，儘管不免緊張。鳳翎想起公路邊瞥眼可見的垃圾帶給她的心理衝擊，醜惡的並非垃圾本身，而是棄擲者的無知。工業區之所以髒亂不堪，不是在地人民的問題，是創造這階級條件的大環境要集體承擔。

一個不被愛的地方，資源匱乏之時，什麼都可能發生。榮文無奈將大背包拖進巴士行李廂，他從昨天來到工業區後心情就很差，安全感原來這麼重要，待在這裡讓他感覺沒有保障且充滿意外，現在騎虎難下，只能戰戰兢兢。

長途巴士內充斥著一股刺鼻的味道，混融了菸味、風塵味和腳臭味，鳳翎對這氣味印象深刻。搭車一路，榮文都沒有說話，也不睡覺，他很警覺。正前方右座的男子去了廁所許久都沒出來，高大的車長來查看，他的拳頭結實，敲門的聲音出奇響亮。

最後發現男子躲在廁所抽菸，那當下車長氣勢逼人，壯碩的身材幾乎與車頂同高，眾人皆聽見那男子略帶惱怒的辯解，但無效，一來一往攻防對峙開始，榮文和鳳翎大氣都不敢吭一聲。事實上，全車都默不作聲，彷彿僥倖偽裝不過是巴士日常。沒多久車長大人拂袖而去，下一站到了，那男子霍地站起身，甩上包包下車，鳳翎這才發現他竟和車長一般高。

沒有廣闊的山嶺和溪谷，一個小小的巴士車廂，充滿生命的張狂。

鳳翎觀察車上的人們：右前方坐著一個大剌剌的圓胖婦人，一次占去兩個座位直接橫躺其上，土黃色的廉價洋裝露出了背與肩，懶洋洋一副世人與她皆不相干的樣子。相對於胖婦人，隔壁靠窗的單人座坐著一位戴粉色畫家帽的年輕女孩，黝黑的膚色和安靜的神情讓鳳翎忍不住多偷看了幾眼。女孩兩腳併攏，深藍色緊身牛仔褲的褲管捲起，翻摺得很整齊，一雙駝色的皮鞋乾乾淨淨，不失乖巧拘謹，其低頭滑手機的側臉，在難得的陽光照映下，真好看。

畫家帽女孩的存在，悄悄成為鳳翎安靜的力量來源。

古老的西方大陸，事實上是個族群大熔爐。卻因歷史背景和階級界分而顯現局限。

鳳翎才發現，山徑會過濾人種，都是些愛冒險挑戰、信步晃蕩、假日遊樂的人，到底山林不是永久居住地，於是旅途上相遇的人只是社會一小部分的切片，有信念、閒情、基本的經濟能力才會上路，因自主選擇並懂得共體時艱而相對能友善照護。

但在廉價巴士中可不是這麼回事，它活生生是一個凌厲尖銳的現實縮影，精微複雜，像一記巴掌：山裡的刻苦克難才不是真正的苦難，苦難在強調成就成績講究權勢位階的常民生活。

鳳翎突然很高興她選擇搭乘工業區出發的長途廉價巴士，只有走近、接觸、共同經歷，才能找到自己的聲音去訴說：這世界到底安不安全？有什麼樣的風景？這裡的人是否也有「失落的故鄉」？是否也曾為生存埋下大量的遺忘？

她欣賞隔壁少女整齊有型的打扮，黝黑的膚色襯上粉色畫家帽，有一種雅致的野性。

女孩的存在能提醒她，打破刻板印象，否則世界就是歪斜的。山間漫長的行走是真、海倫鎮的豪華飯店是真、這裡的龍蛇混雜也是真，缺一不可。不論是畫家帽女孩、躺平的胖婦人、高大的車長、被趕下車的男子、身邊的榮文與她自己，都是真真切切的存在，獨一無二，人人皆有尊嚴。這是山告訴她的：自然界中，小草與神木一樣重要，**生命無所界分**。

窗外風景流逝，連三日的霏霏冷雨終於停歇，城鎮與郊區的景象交替變換，這趟長途巴士會將他們送回小雪家的城鎮，在小雪家休息幾天，之後便要橫越大洋，歸返東島了。

・・・

小雪家最後一夜，也是飛回東島的前一晚，鳳翎夢見自己越獄。

還不是自己想逃，是眾人相偕的力量助她越獄。夢中的她囚禁慣了，根本沒想過要逃，是監牢看守者主動開門放她出去，其他囚徒朋友也支持她出去，她才行動。還跟大家一再強調，只要辦完事，立馬就回來。現場瀰漫著某種難言之隱，畢竟眾人是背著上級助她逃獄。

鳳翎記得，她就在這種莫名其妙、卻友善堅定的協助下順利逃脫監牢，出去後莫名舒暢，原來可以這樣大口呼吸。後來呢，沒回監獄，她回到另一個地方，那地方是個廣場，她帶著一只戒指回去，在廣場上找著戒指的下一位主人，只是廣場人多，夢境至終，鳳翎一個人置身在廣場人群中，思量著戒指。

醒來，窗外松影斑駁，枕邊人榮文已不在。鳳翎翻身，抱著枕頭想：這是個好夢。難道過去她不曾覺察，某部分的生活、又或是自己某部分的認知，如監牢般囚禁著自身而不自知？比如為了讓師長滿意努力達標、用工作填滿日程以顯充實、或壓抑欲求嚴格監控飲食。幸運地，有群集的力量推著她離開，那戒指……意味著什麼呢？在一段長長旅程結束的尾巴，這個夢領她品嘗自由。

起床，把夢寫下。鳳翎坐到桌前，這是小雪的書桌，在她和榮文終於回到小雪家隔日，換小雪和她先生出發至南方旅行，家裡就交給他倆安頓了，還有一隻大狗作陪。生命總有意想不到的巧妙安排。

終於不再用手寫了，鳳翎用電腦答答答敲下一些字。窗外榮文正帶著大狗散步，早晨陽光尚未進來，不遠處的冷杉正一點一點慢慢發亮，窗前幾棵直挺挺的松，暗綠松葉如雲，幾乎聞得到香氣。秋末的天空很高，小雪鋪的床很暖，鳳翎醒來能在房間安心地發愣，慢慢領略這和在山裡從睡袋中起身的感覺有什麼不同。

故事很長，路上的風景細細密密，才知備受眷顧。那些樹木、溪流、落葉和動物，那些毫不猶豫伸手協助的陌生人，以及一個又一個的城鎮，就和窗外灑落草地的片片陽光一樣溫暖，憂慮徬徨散去，她和出發前，是不可同日而語了。

接連幾日，榮文都在小雪的廚房大展身手，像許久沒好好做飯一樣，一頓比一頓更豐足。義大利麵、牛排、三杯雞、羊肉爐、春捲，他們幾乎沒機會也不想到市區餐館用餐，只是單純享受日常的食材採買，然後，便什麼也不缺，由此成為世界上最富有的人。

鳳翎發現榮文變了，他更能享受從容的手作之樂，午後總一人在廚房揉麵，烤出一盤又一盤的濃香：白酒蔓越莓核桃麵包、鹽粒罌粟子原味麵包、雞肉番茄奶油麵包，每一種麵包，都驚人的好吃！

其麵包多了一種從前鳳翎沒品嘗過的柔軟彈性，那些氣孔，藏有長距離行走後的殊勝寧靜，帶來寬慰和愉悅。多麼人如其名，「榮文」是**安安靜靜輝耀著，各種勞動成果的光芒**。他還特別多做幾個麵包冷凍，留給小雪和他先生回來發現，這份沉默的驚喜。

生活實在，是料理收拾、是摺被鋪床、是遛狗散步；生活平凡，是去公園、去超市、或步出院子收信；生活忙碌，是掃地洗衣、是算帳叫車、是打道回府。

清晨，鳳翎被榮文喚醒，「要回家了！」榮文吻著她的耳朵低喃，似乎對回東島老家，充滿期待與幹勁。鳳翎啞著嗓子說，她夢見妹妹找到一束黃花幸運草要送給媽媽，才剛看到黃花幸運草，就被榮文叫醒了……

「回到家，我要去找鵝黃色的花送給媽媽。」鳳翎唸著。

旅人是這麼更新自己的，會上路的人，都是懷抱獨特夢境、或尋找夢境而來。每個孩子，都可以靠自己的力量找回對生活的熱情，**為舊的名字撒上金粉，重新與自己的靈魂深交。**

跋

這是真的

如果，鳳翎是我，而榮文是你。
或者，榮文是他，而鳳翎是妳。

．．．

二〇一五年一個平凡的下午，我難得在個人部落格晃蕩，赫然發現一則留言，來自美國，敲響久遠的記憶。

一則簡單溫暖的問候，是多年前我遠赴美國黃石國家公園打工認識的友伴雪倫（文中為小雪），多年後她遠嫁美國，定居於北卡羅來納州，留言簡短敘述她的近況與工作，其熟悉的情感流動彷彿我們未曾分離。

「北卡羅來納？那是什麼地方？」我盯著留言，全然不知這名字坐落於美國何處？心裡隱約有什麼震動著，莫名打響更久以前的記憶……美國嗎？約莫在十年前，台灣某高山縱走路徑上，學長曾與我敘說一條長長的山徑，也在美國。

叫什麼來著？

記起這條山徑的名，我默唸「阿帕拉契」。此時，另一個我有點不明所以，阿帕拉契與北卡羅來納有什麼關係？大學登山某片刻的記憶又與這當下讀部落格留言有什麼相干？我學長與雪倫根本八竿子打不著。

奇怪的是，心底隱隱有個像是鼓聲的東西，震動著這當下的自己。那使得我不得不在電腦螢幕前怔忡，腦袋邏輯無法即刻解釋的事物，身體卻有所反應，該動身找答案。

身處於一個科技的時代，Google大神能快速告訴我們一百萬種解釋：

美國**阿帕拉契山徑**是美國東部著名的健行山徑，連接喬治亞州的史賓那山和緬因州的卡塔丁山，中間經過喬治亞州、**北卡羅來納州**、田納西州、維吉尼亞州、西維吉尼亞州、馬里蘭州、賓夕法尼亞州、紐澤西州、紐約州、康乃狄克州、麻薩諸塞州、佛蒙特州、新罕布什爾州和緬因州，全長約三千五百公里……

頭皮，隱隱發麻。盯著那貫穿美東的阿帕拉契小徑，一條彎彎曲曲的紅線標示所經之處，自南向北確實穿越了北卡羅來納州……

啊，原來雪倫住在這裡！腦袋裡沉睡的鐘噹噹作響，與中央山脈之上學長的敘說不謀而合呢。兩種偶然疊合，赫然出現一個箭頭，如山中轉彎處的告示牌，明明白白指向，下一刻往何處去。

……冷靜！冷靜！阿帕拉契山徑就算不走全程至少也要十天半個月，工作呢？房子還租不租？雪倫會願意接待嗎？旅費負擔得起嗎……我很緊張，闔上筆電，明白有趟壯舉該要啟程，但一時難以負荷，需要時間消化這瘋狂的念頭。當然，只要假裝什麼都沒發生，什麼都不做也可以，一切正正常常，一切風平浪靜。

但是不對，有什麼正隱隱騷動，那心底隱匿許久的想望浮現、又或是命運調皮地埋伏了密碼，讓我再難以平靜。只能定格在那裡，僵直了身體，感覺內裡有股波浪緩緩蓄勢，如颱風前的長浪。

丈夫小飽務農，甫從田裡回來，走上樓，探頭進我書房，問：「晚上××（鄰居）約什麼時候吃飯？」

我像遇到救星，整個人從椅子上跳起來：「明年夏天，我們去美國走阿帕拉契山徑好不好？」

想小飽對我這種沒頭沒腦從天而降的脫軌行徑早已見怪不怪，他只是愣了愣，停頓三秒鐘，隨即笑了：「喔，好啊……」他悶笑的聲音像在說，這天外飛來的邀請簡直莫名其妙，卻讓人耳目一新。

蛤，他不反對？這麼快答應？這下連掙扎的機會都沒了。

居家務實派的老公是個指標，從未出國自助旅行過的他，不知哪根筋不對，輕輕鬆鬆點頭，我還有什麼好說的？

眼前霍地拉出一個漫長的旅途，想到瑣碎如麻的待辦事項我心就顫抖，只能期待阻礙到來——告知爸媽，保護欲旺盛的母親只叮嚀出外要小心；告知公婆，婆婆反問我旅費夠不夠？要不要贊助？

所有的發生都在支持前行，挾帶著巨大的未知，唯有我還在懷疑自己，不願隨之起舞。

・・・

那一疊手稿用一個夾鏈袋小心地封起來，這幾年來，一直放在第六層書櫃上。抽出夾鏈袋，打開那一整疊厚厚的手稿。手稿使用的是二手回收的紙張，沒有裝訂，僅簡單用一個長尾夾固定，每頁自編頁碼，可見其隨興。字跡滿布，二〇一五年行走的各項細節與心事，包含夜裡夢的軌跡，密密麻麻爬滿空白處。正面寫滿了，翻到背面，抓取打印字行間的空白間距，繼續寫，字愈寫愈小，寫到後來根本不管會不會壓到印字，儘量把每張紙都裝作空白一樣去對待，正面反面滿布手寫字。

那是背著大背包，如此著迷於書寫和紀錄的自己。邊走邊寫、不厭其煩，寫到每到一個補給的城鎮都在搜刮或調借空白紙張，紙張背面的圖樣或字句，明明白白標示著所到之處的風景，也許是地圖、也許是說明或條規，都被我抹上自己的顏色，帶回太平洋這頭，我所屬的高山島嶼台灣——鳳翎的東島。

不是什麼了不起的冒險故事，長距離健行作為引子，牽引出一對伴侶如何面對差異相偕行走並深化關係；如何在日復一日無聊乏味的常態行進中捕捉細微的美好；如何步上一條未知的道路，去感受、爭執、尊重，相互衝撞與補足。

我把自己投射到鳳翎身上，盡情書寫，這真令人感到安心。關於意識與潛意識、社會與荒野之間的競合關係，藉由鳳翎與榮文的角色去譜出來，成就一張織毯，在上面奔跑，說，世界真大，無奇不有！

沒有出生入死，無須轟轟烈烈，只是誠誠實實，把自己當洋蔥一層層撥開，在異地行旅中理解原生社會文化之於我的珍貴，以及自然山林帶給我的奧祕與智慧——無論美國或台灣，野地傳遞的訊息均無異。

不向山探問知識與位置，而是怯生生收下那些過去未被教導的：關於直覺、象徵、夢境、詩歌，摸索火和星星的連結、看見現實與傳說的映照、經驗人與人難解之緣，這些種子，都在密密麻麻第六層書櫃的手稿中，慢慢地，開出花朵。

即使過了十年，我仍敬畏那些稍閃即逝的靈光，不放棄整理與堆疊。寫完了，兌現與自己的承諾，完成世界的小小一角，掌心貼上胸口，感覺自己因此長大了一點，我為所屬島嶼與這世界的連結感到驕傲。

謝謝老公小飽答應同行，沒有他就沒有這條愛的路徑。謝謝當年為我們送行和接風的雪倫，她的家為我們整趟旅途定了錨。

關於出版，亦師亦友的榮格分析師紗娃·吉娃司豪氣說要寫推薦序，若非我們聊到路途上的大夢，我不會改以第三人稱寫作；而我多麼幸運有創作歌手兼好友米莎，大方授權《在路項》專輯〈麼人適介唱〉一歌，讓我與傳統深刻連結，道出昔日的故事。而確實，因寫作手法富實驗性，初期我十分不安，好在同為長距離徒步者的編輯清瑞（四國遍路的小歐）陪我釐清許多細節。我們一起邀請同樣喜愛戶外運動且富設計才情的怡臻（Ida）跨刀作美編，每回她的設計稿上傳都讓我驚豔。還有企劃郁凱在後端默默聯繫安頓各種細節，以及大塊文化創辦人郝先生無條件的支持，《同行》得以誕生——我還有什麼好說的呢？那是對「愛」的諸多描摹意會，不只是伴侶關係，還有對大地的、朋友的、貴人的、合作夥伴的各種關係奔騰匯流，旅程才沉甸甸而得以煉金。

真好，時間是一首沉澱的詩，如此被歲月疼寵。

誰知道呢？如果鳳翎不只是我，而榮文不只是他；如果「阿帕拉契」只是一趟旅途的代稱，而旅途有千萬種可能。人們不一定都要遠遊、或走長距離步道健行，但每個人終會踏上屬於自己的未知道途，闢出獨一無二的生命小徑。

屬於我的記憶

洪榮崇（小飽）

第一天傍晚抵達登山口時，好心的旅舍管家跟我們說，登山口不能搭帳篷，他們的露營地一頂帳只要十塊美金，還可以洗澡、使用廚房，冰箱的食材也可以用，對於才剛開始要健行的我們，真是非常暖心。

健行的路上，山稜線上出現數棵野生蘋果樹，有生第一次見到結實纍纍的蘋果，興奮地採摘了一堆，塞進大背包裡，完全不顧背包已非常沉重，就是要可以天天吃一顆蘋果。

第一個入住的山屋是有鐵門可以關上的，據說是給害怕遇到熊的新手，可以安心睡上一覺而設計的，我們就是那個新手。

傍晚入睡前，總會認真地生營火，要驅趕黑熊用的，聽到遠方不明野生動物，追逐吼叫，時而近、時而遠，就怕突然出現在眼前，只能趕快把一堆木材丟進火堆裡，期盼熊熊烈火能讓他們不要靠近。

原來健行者箱裡的東西都是可以拿的，是健行者互相交換、互相支援的心意，我們常常蒐集沒用完的瓦斯罐，拿取乾燥米和麵條，當然還有零食。

只要跟著樹上的白色塗漆走，就會在步道上，藍色塗漆是往水源的路徑。

爬上木造的防火塔，遠眺一望無際的山稜，壯闊的國境，是不曾體會過的，秋意漸濃，森林漸漸轉色，也與位在熱帶的海島不同。

從害怕撞見黑熊，到後來期望看到黑熊，不然也太遜了。第一隻遇到年輕小熊，很膽小怕人，才對上眼，就轉頭狂奔逃走了；第二隻則遇到成年黑熊，老神在在，低頭吃牠的東西，根本不在意我們。

入秋時的寒意，沒有被火光照到時，全身就冷得不停發抖。入睡時，穿上全部的保暖衣物，鑽進睡袋裡，還蓋上雨衣，不敢翻身，就怕寒氣滲入。

第一次出國健行，買了地圖和指引手冊就上路了。剛啟程時，背包的重量很重，準備了十幾天的食物，可以在山裡待很久，沒想到才走三天，就遇到了背包客棧（故事中的「驛站」），一待就兩天。每走一段山徑後，就接著鄉村小鎮玩樂幾天，很喜歡這樣的旅行模式，能享受山林裡的寧靜，也能體驗美國鄉村生活，很開心。

LOCUS

LOCUS

LOCUS

LOCUS